BuFu
NianShao QingKuang

不负
年少轻狂

王东辉 著

浙江工商大学出版社
ZHEJIANG GONGSHANG UNIVERSITY PRESS

图书在版编目(CIP)数据

不负年少轻狂 / 王东辉著. —杭州：浙江工商大
学出版社，2018.9
ISBN 978-7-5178-2919-5

Ⅰ. ①不… Ⅱ. ①王… Ⅲ. ①故事－作品集－中国－
当代 Ⅳ. ①I247.81

中国版本图书馆 CIP 数据核字(2018)第 196084 号

不负年少轻狂

王东辉 著

责任编辑	沈明珠　白小平	
封面设计	林朦朦	
责任印制	包建辉	
出版发行	浙江工商大学出版社	
	（杭州市教工路 198 号　邮政编码 310012）	
	（E-mail：zjgsupress@163.com）	
	（网址：http://www.zjgsupress.com）	
	电话：0571-88904980,88831806(传真)	
排　　版	杭州朝曦图文设计有限公司	
印　　刷	杭州半山印刷有限公司	
开　　本	880mm×1230mm　1/32	
印　　张	8.25	
字　　数	198 千	
版 印 次	2018 年 9 月第 1 版　2018 年 9 月第 1 次印刷	
书　　号	ISBN 978-7-5178-2919-5	
定　　价	35.00 元	

自　　序

　　我本以为能够很好地控制自己的情绪,可在某一瞬间,眼泪止不住地流淌下来,没有缘由,也没有故事。

　　甚至,我连擦拭的想法都没有,

　　就这样静静地让它沾湿被褥,

　　静静地流进时光里,

　　轻轻地,

　　对自己的孤独,

　　道一声晚安。

　　其实少有机会去谈起创业,曾经在学校的时候,创业、公司这种东西对我来说太遥远,但后来接触了,才发现创业原来那么简单、轻松。

　　连一张营业执照的得到都显得温柔。

　　创业和公司是有区别的,微商也算创业,开店也算创业,但真正等自己注册公司的时候,才会发现人生真惨。

　　我连注册公司的钱都拿不出来。

　　我没有烟瘾,但偶尔也会学习挺哥,装一次王家卫。

　　可能你会问我挺哥是谁,他叫赵挺。

　　一个不知名的大龄单身狗。

　　对不起挺哥,我骂了你。

　　曾经有人问我,你喜欢哪位作家。

　　我思考了一下,脑海里浮现了为数不多的几个人,我说赵挺。她问我赵挺是谁,我说是一个作家。是的,他就是一个作家,接着她问我,为什么不是大冰、张嘉佳,又或者是刘同这种知名作家,还有北大双胞胎苑子文、苑子豪。

嗯——

我说,我不是 gay,我是不会喜欢他们的。她又问,那张皓宸、卢思浩他们和你同龄,你也不喜欢吗?

不能说不喜欢吧,我看过他们写的,我觉得我自己写得比他们好,只是他们比我帅而已。还有,我和他们不是同龄人,他们比我大了七八岁!!!

我非常用心地回答了一句,但她回了我一串省略号。

气氛尴尬。

写作这种东西,你不知道自己写得怎么样,也不必刻意去模仿别人的方式。

就是一个普通的网络作家,又何求拥有知名作家的逼格?

逼格二字,拥有无尽的魅力。

所以,挺哥莫名其妙地成了我喜欢的作家,哪怕他没有出版过一本书,我认识他也才短短一年,但这个去过全球各地,敢在大年三十闯入阿里无人区的男人,满脸胡茬如乞丐般在河南街头睡觉。就这气质,我很喜欢。

我曾转过一条微博,我说,比我大十年的老男人挺帅的,我今年二十,挺哥也奔三了。

我不知道十年后会不会像他一样,但他这个样子非常有魅力,有一张周杰伦的脸,写着有腔调的文字,至少,短时间内我不出名、不认识其他作家的话,他可能是我的偶像。

所以,这个答案显而易见,我认识他们,他们不认识我,有什么用?

上一段送给挺哥,下面还是讲讲这大半年的创业故事。

今年八月一号房租就到期了，还剩下五个月不到的时间。

是的，三月底要支付最后一个季度的房租，我记得当时为了从半年变成一个季度，我软磨硬泡磨着中介小袁，叨叨了好几天，最后她答应了给我按季度付。是的，我挺感谢他们，至少这世界上还是好人多，或者说是善良的人多。

在创业的时候我一直失眠，失眠了两个月。

但我仔细想想，从我离开学校之后，我就没有一天在十二点之前睡觉。

这算不算熬夜？算不算失眠？但我记得在凌晨三点，我听着歌，翻着网易云评论，眼睛酸得流眼泪，也不愿睡去。

少有机会去提及自己的创业过程，似乎这大半年过去得极为平淡，就是两点一线的生活，但一直自由。

虽然不知道这是不是我想要的，但至少不轻松，很辛苦，没有太多的时间去拥有自己的生活，除却工作，就是工作。哪怕要出去玩，也要计算着更新，今天多写一点，后天多写一点，明天出去玩，回家还要写一点。

就是这狗一样的人生，我愣是过了大半年。

后知后觉地清醒过来，原来，我那么废物。

我和姗姗姐聊天的时候，她很轻易地解读出两个字。

不甘。

我不甘。

但她说我这个年纪已经够好了。

可我知道我心里想要的，我的梦想就是成名。母亲也说你每天那么累干什么，我也不知道我要干什么，就是不甘心，为什么我去年荒废了，为什么去年在公司还要打游戏，为什么会为了聚会吃烧烤花了两千元。

所以我想今年弥补回来。

可过去了，
就是过去了。

2018-03-29

前　言

1

我问自己,那么多年的样子,是你想要的吗?是你梦想里的样子吗?是曾经最期待的结果吗?还是已经遗忘了、违背了那一颗最纯正的初心。

很多时候,就这样在遗憾与期待中徘徊。得到与失去,有时候真的那么重要吗?被铜臭渲染的梦想,是否已经变了质?还是那一文不值的努力,都堕落了?

喜欢坐在海边,感受海风吹过,带着腥臭味,原来我站在工业码头;坐在古城墙上,夜晚清风吹过,吹起长发划过鼻尖,那是不经意滑落的泪水,一罐罐啤酒七歪八倒在地上,看着吹过的年华,似乎就从指尖离开了。

突如其来的空虚感占满了我的心脏,我端着一杯咖啡站在窗前,偶然拿起一枚已经弯曲变形的戒指,上面刻着一个摩挲不掉的字。

看向窗外,没有星星的夜空显得格外寂寥,不远处的房间灯火通亮,两人在床上做着机械一般的动作,像原始动物般的渴望,仅仅只是为了繁衍。

突然间觉得挺可笑的。

看着桌子上亮着的电脑,工作一天了,应该休息了;电脑前被我涂改的文章,依旧没有头绪,还有这个月拖欠的十几万字的稿子,也还没有完成。

　　毫无波澜的内心终于泛起了丝丝涟漪,像是没有方向的旅人,行走在荒漠之上,身后沉重的行囊压弯了身体,佝偻着如暮年老人。头顶硕大的如火炉灼烧一般的太阳,终于,烧尽了最后一丝希望。

　　微风吹过,将思绪拉回,孤独感愈发强烈,占据了整个身体,我忍不住颤抖起来,一直觉得自己的心理有病,就像今日——这突如其来的坠落感,让心脏猛然收缩。

　　我问自己:

　　这种孤独,是你想要的吗? 这三年的成就得来容易吗? 值得吗? 是否失去了更多?

　　这三年虚度的光阴,还夸夸其谈地骄傲着,自己又是否真正得到过什么?

　　我是一个恋旧的人,我们都是各自记忆中的故事主角。

　　怀念曾经拥有或失去的一切老事物。

　　很多时候人都是脆弱、不堪一击的。

　　想着笑了,念着哭了,也期待那种纯粹的,来自内心肺腑的安慰,或者仅仅是一句"我在你身后"。

　　却也成了奢望。

　　喝完了拿铁,从不觉得咖啡的味道如何,但第一杯咖啡是拿铁,于是后来,也就懒得改变了。

　　或许吧。

　　很想明白,自己在寻找着什么。或许吧,我并不适合这个圈子,内心的孤独感从何而来? 被全世界抛弃的错觉,孤儿一般行走,渴求一个关爱的目光。

　　可都是冷漠。

我问这个世界怎么了。

时光总是无情，在不经意间就过去了，刽子手一般杀得我们片甲不留，还要笑着哭着挥手离开。

笔锋依旧逃脱不了稚嫩，却更加走心，也变得凌厉。

似乎内心的情绪依旧无法表达，这个年纪的我们，该如何表现？被规范的生活束缚了三年，还要感受着风的自由，就像是一棵树，被绊住了脚跟，体会着逆来顺受和欲静不止。

下雨了，摩挲着窗台，青筋暴跳而出，滚烫的泪水嘀嗒掉落。

是风太大，眼睛进了沙子。

哽咽着，怀念着三年，祭奠的却是十八年。

感叹吗？人生又有几个十八年？第二个十八年即将开始，三十六岁啊。再过第三个就是五十四岁，朝着老年走去了。第四个十八年呢？暮年了吧。

十八年眨眼就过去了，记忆却还停留在刚入学时打招呼的时刻。

你也是这个班的啊？

是啊！你也是啊！我叫阿龙。

忍不住笑出了声，笔尖再落不下去，纸张也湿了。

这本书本该送给你们的，三年的青春记忆像是风沙起，眨眼间飘过。

我曾说这三年是我度过最快的时间，因为我在写作，写了三年，没有一部作品送给你们，或许其中没有一个很重要的人，但你们也从我的生命里走过。

我不知道这代表着什么，没有任何一个人的署名，像是纪念，更多是怀念，找不到你们任何一个人的影子，我所经历的、执念的岁月，都不曾拥有你们。

2

来到这个世上你就不可能活着回去。

我曾写过一份关于未来人生的计划书,写得很长,写的时候态度也很认真;写完自己阅读过后觉得要好好保存着警醒自己。可是没过几天,它就不见了;之后的一段日子,我想都没想过它,遑论寻找。

如今之所以再次想起,是因为此刻闲来无事,我再次憧憬起最初幻想的未来。

我想在二十五岁时得到三样东西:一辆Jeep,一只哈士奇,最重要的是,有一个她。

我想带着他们浪迹天涯,有起点,但不会有终点。是的,我想一辈子活在旅游中,居无定所,四海为家。哪怕最后生命奄奄,闭眼他乡。甚至,我连自己最后怎样闭气都有想到,车子在路上愈行愈慢,最终停止,车上的我勾着嘴角,望一眼窗外蓝天绿树,闭上双眼……而那只取名叫"良太"的二哈,它会先我一步离世吗?而我深爱的那个她,又是否还在我的怀里?

那样的日子仔细想想,却发现像乌托邦般可笑……

实现它,似乎很困难。

我们的想象往往是基于此时此境的生活、环境,可一旦想开来,一定会脱了轨,越脱越远,最终驶向令人神往的天堂。

很小的时候,傍晚时分,几个孩子坐在河畔,也会像大人一样长吁短叹,彼此肆意地畅想未来。没了学校的束缚,不用逼迫自己非要做个科学家、宇航员。我还记得我当初最大的梦想就是娶她回家,没办法,谁让她从小笑靥如花,水灵灵的大眼睛、秀气的鼻子、单薄的嘴唇,还有粉嫩的脸颊，所有形容美人的词汇用在她身上都不为过。只可惜我们最终失去了联系，哪怕再相见，相隔十年的这道堑也无法逾越。有些东西，真是一旦逝去就不能再回来。

时至今日，又在课桌前坐了九年，可惜再也碰不到那样一个女孩，要是那时就告白该有多好，可惜当时真的太小，七岁的小孩能许诺彼此什么？地久天长还是放学我送你回家？

来到这个世界上就不可能活着回去。听听多残酷，人生，注定是一条要面对死亡的路呐。我们踏上这条征程，从无知、迷茫、畏惧到无奈、坦然、向往，终究要走一遭。这也是我坚定要去旅行的一个理由，世界真的很大，不去看看，难道要一辈子守着两点一线的生活吗？

钢筋水泥渐渐铸就了一个灰色的世界，再繁华，看起来也少了人气；可惜诗中的小桥流水人家，终究不会大隐于市，否则这世界可谓遍地桃花了。桃花树下桃花庵，桃花庵里桃花仙，桃花仙人种桃树，又摘桃花换酒钱。臆想里锦世繁华，采菊东篱的古人，尚且渴求，我们只能兴叹几分，梦呓几声，聊以慰藉了。

七八岁时，我渴望长大，却不知道长大该干什么。十年过后，我十七八，算是长大，但也不知道该做什么。十年时间，似乎什么都没有发生，似乎就那样平白无故地消逝、消失；我的生命即将失去第二个十年，不敢掰手指去算还剩下几个十年，日子似乎在敷衍下得过且过。没有信马由缰的自由感，也没有诗中的悠然。活得狼狈不像风，却像树，被根绊住了脚，体会着逆来顺受与欲静不止。

我对未来既向往又胆怯，向往的是未来的几个十年会是什么样，胆怯的是怕一切都背离了我起初的方向。若能选择，我还想回到十年前看她笑靥如花，对她说几句情话，静待一切渐渐发芽。

来到这个世上就不可能活着回去，即便如此，我也想在还活着的时候，多看看沿途的风景，即使到了"家门口"，全部都要抛掉，但我、我的生命，却是实在地绽放过了。

目录

Chapter 1

最美的年纪错过
最爱的你

　　十七岁的爱情是最纯粹的，十七岁的感情是最浓厚的，十七岁的喜欢是我想要的一辈子，而十七岁却是最不能遇到你的时候。

　　如果可以，我愿意再晚几年，再玩几年，在那个想要安稳的年纪里，遇见你……

1

感情里面想不明白的,可能并不是爱情、友情,或者是亲情。

而是一种无关任何情绪的错觉,叫执念。

大雨哗啦啦,撞击着地面,溅起的水花落在了我的裤腿上面,伞下的我早已经湿透了衣服。我在找共享单车,不过,已经找了半个多小时了。

因为朋友心情不好,于是陪着她喝了一杯咖啡,谁知外面下起了瓢泼大雨。

突如其来的大雨打乱了这座城市的阵脚,行人匆忙地朝着安身之地奔去。

轿车飞驰而过,溅起一片水花。

终于找到了一辆共享单车,不过已然被刮花了二维码,无奈看着昏暗的天空,它仿佛在嘲笑着时代的沦陷,又似乎在嘲笑着我的无能。

我苦笑了一下,却在想她带了伞没有。

离开学校已经七个月了,我们分开也已经七个月了。

我忙碌着,工作、写作、出版、管理公司,我曾经答应写给你的一本书,我实现了。

而明年的签售会,是你的成年礼物。

所有的东西都有存在的意义,而你,就是我存在的意义。

飞驰在黑夜高速路上,消逝而去的不只是身边风景,还有你。

在这个十八岁的年纪里,我不知为何爱情那么折磨人,像是魔咒一般,在我脑海里回荡,挥之不去的你像是一把镰刀,在撕扯着我的心脏。

空气中弥漫着浓郁的烟味,热泪忍不住流淌,我从未明白的感情,在某一刻却那么的疼痛。

　　我喜欢一个人,给她写一份情书,不用太深情的文字,似乎躁动的情绪已经覆灭,只剩下了念想。

　　此时距离去年我们在一起的日子还有两个月,十月十四号,本该是我们在一起一周年的纪念日。

　　这一年,我不知在多少个夜晚梦到你,你逐渐模糊的模样,和你腼腆的笑容。

2

　　初秋,天气却依旧热得吓人。

　　又是一年开学季,而你也到了高考前的最后一年。

　　我坐在阳台上,高层的微风吹过,手里的烟已经到头,大腿上的电脑仍然亮着屏幕。

　　里面是我写下的文字。

　　扔掉烟蒂,脑海里面思绪万千,但最多的却是悲伤的情绪。

　　屋外下起了雷阵雨,风忽然变大了,我有了些寒意,鸡皮疙瘩跳了起来。

　　可你要问我最喜欢的天气是什么?

　　那便是雨天,没有太多的理由。

　　可能就是单纯的喜欢。

　　任凭大雨淋过身体,用每一寸肌肤去感受。

　　身后走过来一个人,"叮"的一声响起。

　　"老铁,还在想女人呢?每天对着桌面上的紫藤小姐意淫,真的是醉了!"室友吴汉抓着一瓣切开的榴梿,在微波炉前面捯饬。

　　"你懂什么!这叫思念,情怀!"我回头看了他一眼,目光再次凝聚在了深邃孤独的夜空上,似乎天空中最亮的北极星,就是自己。

　　只是外面在下雨,根本没有星星。

"切!"

吴汉无奈地摇摇头,走到阳台上面,坐在我身边,将手里面发臭的榴梿扔到了垃圾桶里。

"你刚才在干啥?"

"网上说放微波炉里面烤五分钟的榴梿味道更不错,我就试试了!"吴汉一本正经地看着我。

我看着他,皱了一下眉头,满脸的不相信。

不过吴汉满不在乎地耸耸肩,看着外面,雨水淅淅沥沥地下了起来。

高楼之间的小区花园,路灯散发出昏暗的灯光,饭后散步的人也归家而去,就这样,雨水静静地落下,风吹过,有些湿漉的感觉。

我忍不住塞了两下身上的外套,这八月的天气,真是变化莫测。

"世界大战啊! 刺激!"吴汉拍了拍我,满脸的激动。

我看过去,推了一下鼻子上面的眼镜,顿时有些尴尬。

九楼的我们,真切地看到对面七楼卧室里面的男女正在释放天性,久旱逢甘露的欢乐,在这秋雨中欢腾。

雨越下越大,从小雨逐渐变成了大雨、暴雨,就连阳台上都能感觉到雨滴的冷涩。

我们大眼瞪着小眼,蠕动着干涩的喉咙,这对处男的视觉冲击过于震撼。

"真想是我趴在那女人身上! 平时下班都能看到她那双美腿,真的是,啧啧!"

女人似乎仗着外面雨水磅礴,肆无忌惮地叫着,享受着快乐。

3

几分钟之后,我俩各自摸了摸兄弟,还硬着。

摆好舒适的位置之后,却闻到一股异味。

准确来说,是一股屎味。

"隔壁的神经病啊!你们饿死了也别煮屎吃啊!"

吴汉大骂一声,顶着"帐篷"一骨碌站了起来,打开微波炉,差点没把他自己熏死。

"你真的是在烤屎吃啊,这味道可比屎正点多了!"我在一边捂着鼻子,看着盘子里面的黄色屎状固体物,笑到抽搐。

"滚犊子!"吴汉踹了我一脚,跟着将装着榴梿的盘子和榴梿一起扔到了垃圾桶里。

我们两个躺在床上,看着雪白的天花板,房间里面还充斥着"迷人"的味道。

"还跟钢铁一样硬啊!"

"我还是忍不住想她!一有空余,脑子里面挥之不去的都是她的身影!"我闭上了眼睛,苦笑了一下。

"拉倒吧,人都有新男朋友了,说实话!"吴汉说着,似乎翻了一个身,再次开口,"老王!这个年纪的爱情,本身就不是地久天长,玩玩就可以了,干啥走心啊!"

我没有说话,直接坐了起来,瞥了一眼窗外,暴雨已经模糊了窗外灯火,年轻男女似乎已经睡觉了。

"十八岁的爱情,是最天真单纯的!所以我愿意走心,当未来麻木之后,那就是将就了!而我不愿将就!"

将电脑放在桌子上,我靠在椅子上面,不知道写什么。

还有两个月就是一年了!不知道她过得好不好,也不知道她是否还记得我。不知道,她的任何消息。

我也曾无数次告诉自己,该忘记了,该放下了,该去寻找另外的生活了。

可我做不到,我企图寻找任何关于她的消息,我想要去找她,去见见她！可我没有勇气。

我深吸了一口气,将心里的感情埋藏。

我噼里啪啦地在电脑上敲击起来,试图让自己忙碌起来,这样就不用花时间去想她。

可是,这本书就是写给她的……让我如何不想念。

窗外的雨似乎小了,灯也灭了一大片。

时钟定格在了十二点。

4

第二天我们去了学校,这个有着无数回忆的地方,也是实现梦想的地方。

说实话,如果当年我多考十几分去了对面的学校,人生轨迹必然会不一样。

可在这里,我从没有后悔,反而还庆幸,至少我没有麻木,至少我还充满希望。

这种季节,紫藤花还未开放,只有绿叶帮衬,倒也显得好看。我坐在花架下长廊边,看着不远处的湖心亭。

现在是上课时间,阳光直射而下,热得有些难耐。

"抽风了吧老铁！一点钟跑到学校来！你也是牛!"

吴汉抹了一把自己额头的汗水,眯着眼睛看着路过的一两个学生,似乎有一种想暴打我一顿的冲动。

高温三十六摄氏度,也就他能陪我过来了。

吴汉是我的同事,也是室友,我们性格有些不合,不过搭伙过日子,倒也没追求那么多。

我看着他,略有些胖的身形已经止不住地冒汗,我无奈地摇摇头,朝着她所在的教学楼走去。

"终于出动了？我以为你要在这里坐一下午！"吴汉俨然成了灵活的胖子，一个飞身立马跟了上来。

"还有一分钟下课，根据时间差，我能在她上厕所的时间与她相遇！"

开玩笑，这种概率学会难倒我吗？想当年我数学连续两学期第一，轻轻松松虐菜！

不过后来因为打游戏给荒废了，但这并不影响我的底子。

果然，当我走到校园广场的时候，下课铃声响了起来。

检查值日的兄弟们还在劳动，我异常淡定地朝着那边走去，三十秒之后，她们三人冲出教室。

紫藤小姐的学习谜一样的好，考上实验班之后越发意气风发，如同诸葛亮一般，走起路来都有一种指点江山的气势。

当时我和她聊天，她给我发了一句："你看看窗外。"

我看了一眼黑不溜秋的窗户，除了黑就是黑！

"啥啊！"我回了一句。

"你再仔细看看？"

……

"那是朕给你打下的江山啊……"

我满脸的尴尬，一时间不知该如何回答。

好吧！

皇上，不知这江山，能换你陪我一生不？不行的话，我要这江山又有何用！

当时，我正在放着音乐："我要，这铁棒有何用……"

……

显然，她没有想到会看到我，此时距离我和她分手已经过去了八个月零三天。而我，已经把中分长发剪成了板寸。

我想她看到我的一瞬间，应该是震惊的。

没错,她有些没反应过来,倒是她身边的朋友朝着我笑了笑。

"去吧!"

两个同伴推了她一下。

不是我吹,我和她谈着的时候,她全班没有一个不认识我的,见到我就喊"作家啊",真是有一种上天的错觉。

而上课的政治老师,也时不时地将我拿出来吹嘘一番,令我不知所措。

于是,回家之后,她总会给我发来微信:"今天那老师又说你,然后全班都看着我。"

5

"好久不见!"

这是我对她说的第一句话。

她还是她,有着见到我捏着衣角的腼腆,婴儿肥的小手不知放在哪里。

我想牵她,却被躲开了。

小刘海、柳叶眉,单眼皮却有一双纯洁的大眼睛,很有神的目光在四处扫视。

她没想到我会回来,我会放弃读大学的机会留在这个满是回忆的城市,留在这个埋藏了十八岁爱情的城市。

这个渔港城市,养育了我十余年,也让我遇到了她。

她的笑容,依旧是害羞,脸颊发红。

"你好像又晒黑了!"

见她没说话,我忍不住重复了那时在微博私信发的一句话。

我以为她将我拉黑了,却未曾想已读加秒回,吓得我直接把手机扔了。

"我一直都这样啊！倒是你，板寸了！当时为了满足我，从刘海变成了中分……"她鼓起了勇气，忽然站直了看着我。

我看着她的眼睛，熠熠生辉。

我感觉自己被踹了一脚，紧跟着直接扑向了紫藤小姐。

我们两个人不出意外地撞在了一起，她有些花容失色。

在抱住她的瞬间，熟悉的味道再次钻进了我的鼻间，我一个猛转身，重重地倒在了地上，而她自然是压在了我的身上。

"我……老滕，你又重了！"我满脸郁闷，而吴汉却带着笑容，摆出欠打的表情，路过的同学也跟着起哄。

"老宇！青青草原！哈哈哈！"我知道她有男朋友，我也无心闹乌龙，可好死不死却发生那么一幕。

紫藤小姐连忙站了起来，我只是见见她，她只是意外，但吴汉的这世纪神踢，成了导火索。

这显然是一个意外，我也很尴尬。

但解释都是多余的，王星宇二话不说直接冲了上来，想给我一拳。

别问我为什么知道对方名字，在我知道紫藤小姐有男朋友的时候，我便打听到了。

这一拳说起来有些生猛，他脸上带着愠怒，感觉男人的尊严被踩碎了，想要一拳干死我的样子，但你们觉得可能吗？

开玩笑，我轻松往后一退，抬起就是一脚。

显而易见，他肯定打不过我。

不说别的，我以前练过散打，加上开了公司之后，更加注重个人训练，没有八块腹肌，但也有一块好吗！

他身后的同学也走了过来，但在学校里面，不至于打起来，最后吴汉也知道玩大了，连忙走上来解释。

6

最后不欢而终，我和吴汉也离开了学校，能见到紫藤小姐已经是最大的荣幸，我也不再强求别的东西了。

顶着燥热的天气，我回到了公司。

情绪不知如何形容，在心里如藤蔓一般生长，缠绕着滚烫的心脏。心脏跳动着，却是纠结成了她的模样。

我长舒了一口气，晚上和一群公司的同事去吃饭。

我不太会喝酒，但情绪沸腾的时候，喝得比谁都猛。

来到饭店包厢，里面已经堆了四箱雪花啤酒，菜也点了满满一桌。

"靠谱，这是谁请客啊？"吴汉看着桌面上的龙虾全宴，少说也要两千，加上其他的菜，没有三四千下不来。

"喏！老赵！也不知道抽啥风，竟然请我们吃饭！"

我也很好奇平时抠门的他，今天竟然舍得大出血。他是写灵异小说的，在圈内也排得上名。

但如果说写都市小说的是小康水平，那写灵异的就是乞丐了。

"嘿嘿！就是平日里一起共事，我觉得吃顿饭又没啥！"老赵显然心里藏着事，脸上弥漫着谜一样的笑容。

"我们要是信你就有鬼了，赶紧说，啥好事？"

我们公司是没有女同志的，一群大老爷们。

至于为什么，因为应聘了七八个妹子，最后辞职的理由总结起来，有三个。

其一，兼职的，她们看上了这个作家职业轻松，在家也能完成。

其二，距离太远了。

其三，懒……

第三个理由我无力反驳，就算我工资开得再高也没用。

"我被妹子表白了,等会带给你们遛遛!"老赵嘿嘿一笑,满脸的春意。

"可恶,竟然背着我们找女朋友,能不能像我一样专一。"

"专一个毛,只是痴情而已!我们都等着老板找老板娘!哈哈哈!"没想到我无心的一句话,反而被群起而攻之,不过这倒也无所谓。

在老赵的神秘之下,我们等待着他女朋友的到来。

重重渲染之下,我们等到尿急,他这才将门打开。

一卷波浪长发,一字眉,不知所措的目光有些腼腆,略有些黑,脸上有些雀斑。

我们都在附和着,没有一个人评论。

只要老赵喜欢,那她便是全世界,如我和紫藤一样,没有理由。

7

等大家都落座之后,我们一路闹着开始喝酒,一共来了十二个人,有几个人是老赵的朋友。

毕竟是开心的事情,大家热情异常高涨,老赵在一旁陪酒,吴汉坐在我的身边。

让我意外的是吴汉这小子今天竟然出奇地喝得很少。

好在大家关注点不在我俩身上,我这才别过头问了一句。

"你平时不是很喜欢喝酒吗?今天那么腼腆,怕喝穷他?"

我半开玩笑的话,老赵似乎也是听到了,将酒杯递了过来:"别瞧不起我老赵啊,对女朋友我从来不吝啬!赶紧喝,喝完了我再让服务员来十箱!"

说起来倒是豪爽,但这顿下来绝对顶他一个月工资。

大概二十万字左右。

这也是我们一群人之间特殊的计算方式,用字数来估算花销。

吴汉赔着笑和他喝了两杯。

"我今天肚子有点不舒服,少喝点,身体重要!"吴汉笑了笑,我没在意地点点头,自己开始喝闷酒。

我本身就是一个孤独的人,眼前的人在欢呼雀跃,而我却能在人群里闷出草来。

热闹中的孤独患者可能说的就是我,仿佛这个世界的快乐都和我无关,不过当情绪沸腾的时候,我可能也会和他们一起闹。

"弹一首《永不失联的爱》,你最近不是在学习吉他吗?"我喝得有些飘飘然,膀胱有种炸裂的感觉。

在我的要求下,老赵将藏在身后的吉他拿了出来。

这也是他花了大半个月的工资买的,两千多,到最后自己没有生活费了问我们借。

一群人在起哄,而老赵调好吉他之后,开始拨弦。

我曾经也买过一把吉他,只不过后来断了,音乐梦也不了了之。

这首歌非常扎心,我听得入迷,不知不觉啤酒也下肚三瓶。

终于,在老赵唱完之后,我站起来朝着厕所走去,全场都在鼓掌,他的女朋友也捂着嘴巴,满脸的感动。

"这首歌是我为你学的,下面一首歌,是我原创的! 不过七哥,你能不能快点上厕所,给你听听!"

我应了一声,走到有些昏暗的走廊上面。

这个年纪的我们,何尝不羡慕歌曲里面的他们。

某一刻,我多想成为歌曲的男主人公,歌里,不管发生什么,到最后都是你。

而我,只要是你就好。

8

在厕所里释放天性之后,我摇晃着回到包厢,落座之后继续喝,吃着桌子上面的菜。

有些苦涩。

老赵写了一首情歌,有些模仿的味道。

词有两句是抄袭我的,不过他当时和我说过,我也不在意。

我也曾为紫藤小姐作过几首词,但最后因为高昂的作曲费用止步。

"唱得真的不错,我觉得我们可以组乐队了!"吴汉在一旁说了一句,他们哈哈大笑,整个气氛也活跃了起来,她的女朋友今天是感动坏了。

我也由衷地祝福他们,希望他们幸福。

"七哥,你也来一首啊,你最近不是也在学吗?"老赵忽然把话锋转到我这,我错愕了一下,怔住了。

我的确是在学,但学的是《算了》,异常扎心。

这种气氛,我说实话不好意思唱,容易毁了。

"算了,破坏气氛。"我摆摆手,再次喝了一杯酒。

"没事,图个开心而已!"

饭局总是这样,莫名其妙地就会被推到风口浪尖,总要有一个人出头给大家观看。

我本身就喜欢负面情绪的歌曲,喜欢薛之谦的歌居多。

弹唱了一首崔阿扎的《算了》。

真的是把气氛打入谷底。

但,谜一样的是什么?他们硬生生地搞笑起来了。

"有些事越闪躲,越说明了爱过。

"以为自己放手了,眼眶却又湿了……"

崔阿扎,算了!

算了吗?

我喝着酒,才明白,今天不应该去看她。她都那么幸福快乐了,打扰她干什么? 但越是这个时候,我的眼前越是出现她逐渐清晰的容貌。

我不知道喝了多少,喝到天昏地暗,喝到肠胃翻滚。

我本身就有急性胃肠炎,整个小腹膨胀却感觉不到丝毫的痛觉。酒精麻痹着神经,眼角的热泪却是忍不住流了下来。他们都散了,我和吴汉留到了最后。

坐上车,我决定去找她。车子摇摇晃晃地来到了汶溪。我只知道她家在这,但不知道在哪。但这就足够了。

车上有些冷,我盖上了外套,吴汉就这样陪着我,陪到了第二天。

六点多,我知道她要去学校了。

我耷拉着脑袋等待她出门。

"坚持着受伤,撕扯着不愈合。何必呢?"吴汉在身后琢磨了一句。看到她依旧是昨日的她,她朝着这边走过来,我不知做何感想。

我是不是要摇下车窗打招呼? 可就在那瞬间,我被抽空了所有的勇气。

闭上眼睛,脸颊上是昨天干涸的泪水。

"你怎么在这?"诧异的声音响了起来。

"你认错人了!"其实我是不想回答的。

昨天的误会,让我和她之间的关系愈发微妙起来,此时的我,是脆弱的,我没有勇气面对她。

听到我的话,她笑了一下,依旧如昨日一般腼腆,却又像天边升起的红日,灿烂绚美。

她坐上了车,这是我梦寐以求的事情——送她去学校。

我以为分手后再见不到她，我以为分手后我们会形同陌路，我以为十八岁的爱情本该如此。可我却告诉自己，我不想随波逐流，而坚持不会辜负任何一个努力的人。

目送着她那熟悉的背影走进学校，我有种恍若隔世的错觉。

9

微博拉黑，微信拉黑，QQ 拉黑。所有关于她的联系方式都像断了的风筝线，无法联系。

我也不着急联系，我愿意去等待，在这个值得等待的年纪里。

我们去了海边，去了我曾经和她在一起的地方，同样的位置，已经物是人非。

那里是看海平面最好的位置，而那边有一对情侣正在热吻，我仿佛看到了曾经的自己。

炽热的青春、流淌的血液如同海浪一般撞击在沙滩上，终于泯灭，又或是撞击在礁石之上。白色的浪花之后，是为爱牺牲的青春。

它未言，沉默着。

太阳快下山了，我跳进海水里，温热的感觉在身体上弥漫，每一寸肌肤都像是电流一般闪过。

海浪冲击而过，埋葬了我，找不到身影。

"不必再打个电话去谈论，发条短信祝福就好！"

啤酒碰撞声中，我发过去了祝福。

一种似有似无的感觉，在腐蚀着我的内心，切肤的痛苦，只能让其深入骨髓。

"算了，七夕这种时候，他们一定玩得很开心。"

我克制着自己，把自己浸入海水，但我多想想见见你！

夕阳余晖照入水中，映在我的脸上，海水在脸颊滑过。

"我害怕见到你！因为我爱你！我害怕知道你的消息！因为我放不下你！我在你的附近，却得不到任何你的消息！"

吴汉的手机响起了这首《我害怕》。

越潜越深的我企图阻隔这声音，但肺部的压力让我不得不冲向海面。

我站在海水里，肩膀露出海面，大口喘着粗气。接着，我便往后倒去，消失在了海浪之下。

10

回到家里已经十点多了，合租房的隔壁放着激越的音乐。

隔壁住的是一对小情侣，似乎音乐较大，没听到我们开门的声音。

"我靠！"吴汉低吼了一声，春宫图透过门缝展现。

我倒是不在意，走进了房间里面，颓然倒在床上。

累，贯穿了我的身体。

而隔壁的女人却是叫得肆无忌惮，在这个七夕节日里面，欢喜忧伤各占一半。

黑夜中，音乐和叫声像是魔咒，侵扰着我。

最后，我依旧在梦里见到她了。

这是我第十三次在梦里看到她，而每个梦，都是我和她不一样的未来。

我愿意徘徊在这里，在有路灯的路口，开车载你也好，牵着你的手回家也罢，我心之所向全部是你！

不过，昏暗的路灯旁边，小雨淅沥，我看到了角落的影子。

你不在。

11

你过得好吗？与我无关。

你要快乐啊，只想你别流泪。

好了，时间不早了，我在阳台看向你所在的方向，烟蒂铺满了地面，风吹过，倒有种夏夜的错觉。

我多希望身边有一个你。

我并不喜欢烟味，却习惯在这黑夜里，用它解愁。

不知何时，吴汉坐到了我的身边，手上拿着一朵红玫瑰。

"梦里梦到醒不来的梦，红线里被软禁的红。"

我想起了张爱玲，也想起了五哥的小黄书。红玫瑰和白玫瑰。一个是蚊子血、明月光，另外一个，却是白米饭、心头痣。

这是无法愈合的伤，也是时间无法抹去的故事。

后来我们恢复了往日的沉默，没有联系。

这个年纪不似大学，分手了依旧能重逢，还能拥抱在一起热吻。

而我们，倒像是树叶掉落古井，卷起波澜之外便化于平静。叶，也糜烂在古井中。

浑浑噩噩地过了三四个月，我疯了似的工作，终于熬垮了身体，躺进了医院。

急性胃肠炎折磨着我，挂了两天点滴，呕吐给我一种怀孕的错觉，还有吐尽胆汁胃酸的痛苦。但好在，有一点痊愈的迹象。

我拿出了她送我的东野圭吾写的《解忧杂货铺》，上面写满了她的名字，紫藤小姐。

一件自称是 L 码却像裙子的毛衣，在十八岁的生日里闯入。我很开心，她在我最重要的一个时间里，出现过。

"我能见见你吗?"最后,我用老号码给她发了一条消息。

原以为石沉大海,却在五天后有了谜一样的回复。

时间,国庆。

像是一年前的画面重复,我想重新认识你! 可以吗?

我去了市里的商业广场,重复着一年前的行为。

她还是她,而我,西装领带,长了胡须,甚至有了少年白。

电影映射在我们的脸上,暧昧的气氛在周围蔓延,同样的情侣座,身边是暖气。

我紧紧抱着她,想要将她融入自己的生命。

"我爱你! 如果一年前是这样,我想十年后,还是爱你!"我们肆无忌惮地在电影院拥吻,昏暗的气氛之下,口水沾着嘴角,却是甜蜜的味道。

我爱,太爱这个女孩了!

12

最后她离开了,没有让我送她。

我知道,有些迷糊的她坐错站了。我没有追,可却和她在同一辆车上相遇。靠在她身边,像是电影里的情节,紧紧握着她肉乎乎的小手。

紫藤小姐——我命里的女孩!

……

"别走! 别走!"我从梦里惊醒,连忙坐了起来。

额头的汗水滴落下来,背后已被浸湿。

一场梦,将我所有的一切都击溃了。

她走了! 她彻底地走了,有比我更好的人陪在她的身边。七夕,我能对你说的……是祝你幸福。

凌晨三点四十七分,我点燃了一支烟,来到了阳台,抱着吉他,轻轻弹唱起来。

"你可知道,我还爱着你!你可否想念,那曾经在一起的日子……"

我爱你!

13

一切都未有一个结果,而我爱你却是永恒的定理……

Chapter 2
我们都一样

一个人有多不正经，他便有多深情。

说个搞笑段子，为博你一笑。

看似一笑而过的话语，却是不经意的真心。

你从来不知道那个对你视而不见的人有多爱你。

你也不知道，那个人假装错身而过，是为了回头再看你一眼。

追着火车送你离开，月台上流淌着光芒。

1

"我给她发了消息,石沉大海。

"生活归于平静,躺进了对方的黑名单!

"她拉黑是讨厌我,而我拉黑她,是不希望自己某一天突然忘记了联系方式,这样还能在黑名单里找到她。"

我和龟王许俊坐在小餐馆里面,看着玻璃外被一大片广场舞大妈占领的校园,喝一口闷酒,将压抑释放。

龟王是许俊的外号,他很喜欢乌龟,基本所有乌龟的种类他都有收集,草龟、鳄龟、红耳龟、缅甸龟等。

我曾问他为什么那么喜欢龟。他说龟走得慢,成长得慢,不畏时间,而他希望的爱情,也是如此。

后来我受他影响,去买了三只比较便宜的红耳龟,养起来的确挺简单,无须特意去照顾。

酒水一杯杯落肚,小餐馆的生意愈发好起来,来往的人点几串烧烤,配上啤酒,时间就在吹嘘中消逝。

大学生活很美妙,可我撕毁了通知书,对我来说,倒不如尽早地进入社会,多认识几个人,多经历几次痛苦、灾难,这比在温室好许多。

"曾经有一次我去看她,她把我买的奶茶扔进了垃圾桶,你不知道我的心有多难受。

"我看到她要删我,嫌我烦了,从喜欢到讨厌,原来就是一个瞬间!

"挺难受的,无数次在梦里梦到她,却看不到容颜。"

这是我第二次看到许俊那么深情,那一刻我也被他影响了。

平时在公司,他很喜欢开玩笑,拿着薛之谦的段子改编之后逗我们笑,我看他笑得多欢乐,却未承想,每个人心里都有一道不曾愈合的伤口,那是青春无法言喻的疼痛。

我们都很好奇那个人是谁,可许俊平时总是一副云淡风轻,已经放下的样子,轻描淡写得好像从来没爱过。

"如果不是因为那个人,我会和她分手吗？不可能,我最后还是输在了女人的手上!"许俊喝得有点高,整个脸通红,摇头晃脑地摆着手,我靠在椅子上,也有些醉意,眯着眼睛,看向了他的身后。

生活毕竟不是小说,不似故事里的情节,她不会出现在我的眼前。

"兄弟哎,太年轻了。好好生活,你知道什么最能解忧吗?"我带着邪魅的笑容,敲了敲桌子,只见许俊整个人趴了上来,吓得我往后面一仰。

差点亲上了!

"啥?"

"何以解忧……唯有暴富!兄弟,你要成熟,扛住生活,然后呢,去努力生活!你会知道,她一直在你身边!"最后一句话的意思是,你要有能力跟随她的脚步,等到一切尘埃落定,再像一个绅士一般出现在她的生活里。

那个时候,时间刚刚好。

这个世界不存在什么失去,只害怕你放弃。

2

我们都应该去坚持,哪怕在这个不应该的年纪里。

许俊喝到醉,我也感觉快没了命,好在急性胃肠炎很给我面子。

他说,年轻就应该像这样,天地为家,累了就休息,哪怕被生活折磨得体无完肤,也不能放弃希望。

执念有多深,才会如此?

"算了,老子要好好上班了,谁也别跟我聊爱情,都是屁!何以解忧,唯有暴富!"

第二天,许俊好像是变了一个人一样,一到公司就对着电脑一顿狂敲,一天下来,我看着他废寝忘食。

就连中午吃饭都能忘掉。

我无奈地摇摇头,他这是神经了。

下班的时候,许俊给了我三万字的稿子,对,一天工作八个小时,他写了三万字。

我整个人都震惊了。

这小子疯了吧?

还是说想钱想疯了。

生活就这样麻木地继续下去,终于快到国庆了。

而这个时间,九月二十九号,是一年前我与她认识的日子。

我无法表达此时的情绪,戒了酒,戒了烟,不再堕落在纸醉金迷、云雾缭绕的世界里面。

我们都觉得双方应该好好生活。

许俊也是,没办法得到就祝她幸福开心,何必困在那个世界里面。

"喝茶! 这茶我买了一斤,四十五块!"许俊不捯饬他的乌龟了,他鱼缸里面的龟儿子也瘦了许多。

我和他坐在办公室里面,眼前是新买的茶几,天气入秋,身体也不复过往,弱了几分。

泡上一壶热茶,我不懂这种高深的茶艺,也没见提神的功效。

"陶冶情操的玩意儿,你感受一下,这茶和大红袍有啥区别吗?"许俊给我倒了一杯,我听到这话差点没一脚踹上去。

四十五一斤和六千一斤的,怎么比?

当白开水一样地喝了两口。

有点苦涩,这四十五的茶还可以。

"那天我看到她了,一个人在公交车上面,她还是那个她,而我已经不是以前的我了!"许俊淡然地笑了一下,抿了一口。

"我们的相遇凝视,像是久别重逢,陌生却熟悉,没有笑容,反而僵硬到尴尬,你转身悄然离去……"

"我最大的遗憾是连分手都不能当面说清,或许一个拥抱就能解决的事情,最后却是没有任何解释的形同陌路。"

长吁短叹地聊到女人身上,大家都没爱过几个人,这个年纪又何谈天长地久。

3

国庆放假了,我没有选择回去。

但许俊躺进了医院。

"举国欢庆的日子,你咋滚医院来了?"我来医院看他。

国庆的医院也是热闹非凡,不过不比被跳广场舞的大妈占领的高速路。

当然,更多的是因为喝酒送过来抢救的,光一天,我就看到两位。

"急性胃肠炎犯了,上吐下泻的,应该是吃了不干净的东西,死不了!"许俊嘿嘿一笑,略黑的脸上也能看出苍白。

我在医院一天,抱着笔记本电脑创作新书,也和他聊了一天的人生,从天南海北到古今中外,从外国美女到国内女神。

吊了盐水之后,我带着许俊去外面吃了一碗拉面。

曾经不懂事的时候,和阿龙流离在外,那时候有慢性肠胃炎,不吃饭就发作,痛得翻滚之后,阿龙将自己的手机卖了,有钱之后吃的就是拉面。

吃惯了好东西,如今显得有些腻了,有点想念清汤寡水,胃口也小了很多。

当然,并不是瞧不起拉面,而是这两年的生活,我透支了自己的身体。

吃完之后，许俊回到出租屋再次趴在垃圾桶上面吐，吐得跪在地上无法动弹，双手颤抖。

等到许俊好一点的时候，我给他倒了一杯热水，但他刚喝下去又吐了出来。

他的脸色比在医院的时候又白了好几度。我哈哈一笑，坐在椅子上面。

许俊则是双目无光地看着天花板，如同死尸一样躺在床上。

"咕噜!"

来自身体的折磨，心灵的痛苦。

第二天，许俊终于是好了一点。

"看你这小子以后还乱不乱吃东西! 今天带你去外面兜兜风!"我说着，许俊捂着自己的小腹，满脸无奈地跟在我后面。

"去哪啊!"

"不知道，看哪条路不挤就去哪条路!"

有车之后我也随性了很多，能开车就尽量不走路。

我们去了百里之外的海边，这里比宝山区好看许多。

宝山区遍地化工厂，如同死亡炼狱一般，漆黑无比。

4

站在巍峨山的山巅，南方的山并不高，但我们这样没见过世面的人，看到了还是忍不住惊叹。

"如果从这里滚下去会不会死?"许俊冷不丁地问了一句。

我看着他，目光平静，仿佛眼里只有不远处昏沉的天空，黯淡无光，太阳躲在乌云身后，仿佛是羞涩一般，不肯露面。

"我觉得,残疾肯定稳了,死不死全靠天注定,你要不试试?"我半开玩笑地说了一句。

对于许俊,我不能说完全了解,但至少能肯定他不敢。

果然,许俊转头看了我一眼。

"兄弟,经神病院欢迎你!"

哈哈哈!

我忍不住笑了出来,总在人生无聊的时候,选择远行,而因为职业的特殊性,我会在路上选择休憩,写几个字,创造点灵感,告诉自己,我是一个作家。

是的,除了每日的网文更新,我想把自己打造成一个真正意义上的作家。

"人要有梦想! 有时候不经历一下生死,就难以体会生命的意义!"

于是,许俊真的想把我推下去。

半开玩笑之下,我们还是离开了巍峨山。在车上,和许俊聊着天,他觉得行走在路上,依旧是一件很傻的事情,做着"理想与情怀"的梦,然后告诉自己,你现在的碌碌无为无非是一个蜕变的过程。

这种蜕变过程,就连你自己都不知道需要多久,可能是一辈子。

"没油了!"我看着油表上的最后一格已经亮起了红灯,这才开进加油站,然后对着工作人员非常豪气地喊了一声:

"加满!"

这动作,被许俊拍了下来,发了朋友圈。

"豪情万丈的 CEO 王总,今日加油,满分!"

加完油之后,我们在发动机的轰鸣声中离开。

这辆车,年纪大了啊!

穿过了宝山区,越过了宁化,一路向南,来到了北山区海边。

5

北山区的小镇很小。

我们可以骑小黄车环绕一天，然后在太阳落山之前来到码头，看着沙滩美景，以及比基尼美女。

不过，这里没有像电影里那么多的美女，仅有几位，身材高挑美丽。

和她相遇，是从沙滩回来的路上。

"前面那长发妹子看起来很漂亮啊！上去搭讪吗？"

此时的我们像极了两个猥琐的青年，作为社会的渣滓，明显想要上去调戏一下。

"嘿，姑娘。你一个人骑车看起来很孤独啊！"我们两个左右夹击，追了上去。

好在许俊笑得并不猥琐，没有让美女想太多。

是的，当我们看到正脸时，背影杀手的设想自然在心里消散，长舒了一口气，这证明我们没看错。

"还行吧，一个人旅游！"妹子看起来很开朗，淡淡地笑着，脸上带着小酒窝。海风吹过她的黑色皮衣，看起来很干练。

"那么好心情啊，下一站打算去哪？"许俊看到美女比我都激动，连忙打听起来。

美女的定义，取决于一个人的审美观，能让人有惊艳的感觉，方才是美女。

否则，眼前的人和凤姐有何区别。

对不起凤姐，我不是有意的。

6

我们三个人来到了 3K 烧烤摊,坐在椅子上,眼前的圆桌放着烤串与啤酒,而身边,则是呼啸的海风,以及海浪拍打礁石的声音。

美女叫周静,双眼皮,一双大眼睛炯炯有神,戴着黑镜框眼镜,一副文艺女青年模样。

我一直喜欢眼睛大的女孩,并不是因为自己眼睛小,为传宗接代而准备。

大眼睛过于有神,仿佛能将你的内心看穿,许多时候你不敢直视,因为你能清晰地从她的眼睛里看见你自己。

你会虚。

而我曾经也最喜欢前女友的双眼,很纯净,会说话。

周静的眼睛也是如此,仿佛能说话一般,你能从她的举止之间感觉到不一般的气质。

"原来你是作家啊!哇,我一直都想成为作家,奈何文笔不好!"

果不其然,当我说出自己的职业的时候,总是这样清一色的反应。

仿佛见到大熊猫一般,喜形于色。

我至今不理解的是,为什么听到别人是写书人会如此震惊,简单的一个职业,如同我见到程序员,听说他们一小时能写一万多字,哇,我也会露出如此表情。

可能吧,行业不同,我们的理解也有所偏差。

以至于听到我写网文,就会感到如此的不可思议。

"每个人都是生活的作家,你可以写一两句话,那时候,你就是作家!"

的确,你要细心地发现生活,可能有时候想到的两句话是某人已经写过的,在书上看到的,但当它出现在你脑子里的时候,那一刻是属于你的,而你,是你自己的人生作家。

7

我们吃了不少,也和周静聊了不少。

这妹子挺逗的,很有想法,一个人并不是孤独,反而是她自强自立的表现

"为我们的相遇碰一个!"

我们各自诉说着,原来周静是因为和男朋友分手,于是辞掉了工作,来了一场说走就走的旅行。

我们各自为家,最后互不相干,听着周静的故事,我看着许俊,他已经有些脸红,那是酒精刺激的。

我们各自有理想,畅谈甚欢。

"你们为啥分手啊! 感觉到了这个年纪,谈个恋爱不容易,分手岂不是很遗憾?"我喝了一口鸡尾酒,有一点醉意。

我并不是一个会喝酒的人,但却很喜欢喝酒,至少酒精是我灵感的来源。

"感情的事情,过去了就不必再去点评,总觉得在背后议论别人不道德。"周静也喝下一大口鸡尾酒,一副豪情万丈的女侠模样,让人称赞不已。

"爽快,我们再碰一杯!"许俊说着,有些微醺了,而同时夜场也正式热闹起来,最中间的位置还有乐队在唱歌,我站了起来,甩了甩有些懵的脑袋,走了上去。

"兄弟,能借我弹一首吗,海阔天空?"我走了许多地方,唯独热爱的还是乐队,敬佩的也是乐队。

吉他手长得很清瘦,有一种逃跑计划的即视感,长头发。

"可以! 兄弟也玩吉他? 刚好这里多了一把!"说完,他转身拿起

了一把电吉他。

"我喜欢木吉他,能换吗?"

好在他足够热情,最后我抱着木吉他,开始了演奏。

因为我的加入,许多人看了过来。

我只是一个普通人,走在人群中都不会被多看一眼,但我也喜欢这种感觉,被关注,被凝视。

"今天我,寒夜里看雪飘过,怀着冷却了的心窝飘远方,风雨里追赶,雾里分不清影踪!

"原谅我这一生不羁放纵爱自由 …… 也会怕有一天会跌倒,oh~no!"

我的声音并不好听,但粤语还是可以的,以及在酒精感染之后,喉咙的音色也发生了变化。

还好,我的歌还不算要命。

疯狂的嘶吼,海阔天空就是需要释放,需要醉酒之后告诉自己,不羁放纵爱自由,跌倒又如何,爬起来继续干。

唱完之后,台下没有响起掌声,我有些懵。

很难听吗?

就在沉默了三秒钟之后,下面响起了雷鸣一般的掌声,海风也呼啸而过,仿佛在为我呐喊。

那一刻,我知道,这些年所有的经历都是值得的。

"你唱得很好听啊,感觉是一个有故事的人。"

回到位置上,周静还有些意犹未尽地在鼓掌,脸上带着甜美的笑容,我只是淡淡地笑着:"我一直很喜欢唱歌,但没有好嗓子,今天是酒精刺激之后有一点感觉而已。"

"今天很棒!我们走吧。你们酒店在哪,北山大酒店吗?"周静站起来,拿着自己的背包,忽然问了一句。

"嗯,对的,一起回去吗?"

得到肯定回答之后,我们三个人走在灯红酒绿的大街上。走过繁华街区,剩下的就是寂寥。

就好像从一个夏天走到了冬天,从一个世界走向了另外一个世界。

我们看到了,从繁华到凋零。

穿过黑色的街道,周围树影朦胧,周静明显有些害怕,但我们两个大男人,自然要展现出大男子的气概。

8

我们平安回到了酒店,原本以为路边会冲出来小混混什么的,让我们来一个英雄救美,但显然有些不尽如人意。

回到酒店,周静住在六〇三房间,而我们则在八楼。

我回到房间,照常打开电脑,对着自己的稿子一顿敲击。

我们都希望被关注,想站在高处被瞩目。

"许俊,明年我搞一场签售,你觉得怎么样?"

我忽然心血来潮,不为任何人,仅仅为梦想。

站在高处,成为你们的目光聚焦点。

签售会,愿你到场。

"我觉得可以!到时候我当你的助理,我找人把她请到现场,让她看着我,能看到我就好!"许俊的声音从浴室里面响了起来,充满了期待。

许久未提及的那个她,我们都以为会把她遗忘在生活的角落里,但一经想起,就如同撕裂伤口一般,冲刷自己的泪腺。

"我问问有没有愿意来的!"我哈哈一笑,笑得有些苦涩,我们都不是深情的人,却都栽在了女人手上。

"妹子!明年我签售你到场吗?在明州,自家学校!"

"来!"

回答得很果断,很迅速,几乎秒回。

酒精刺激下的我有些感动。

"辉哥,明年我签售你愿意来吗?在明州。"

"来啊,我弟签售肯定来!"

意料之中。

"兄弟,明年我签售,你来不来,在母校!"

"牛啊兄弟,肯定来!我把其他兄弟也喊来!"

接着,我问了几个并不熟悉的朋友。

"明年我在职教签售,你们会到场吗?"

"来!"

"到场!"

"具体时间,准时到!"

……

那一刻,我的热泪终于是忍不住了。

走到这里不容易啊,那一刻,我觉得这两三年所有的辛苦都值得了。

至少,你们愿意到场。

9

许俊走出来,看到我满眼泪水:"老哥,你咋了?谁气哭你了,咋哭成这样?来擦擦!"

看着许俊一脸讨打的模样,我差点一拳挨上去。

"没什么,就是感动了!明年签售,很多人愿意来啊!"

我此时的心情不知该如何描述,不管你们听没听过我,知不知道我,但至少我在努力。

明年，就算只有一个人到场，这场签售我也要举办，只为一个承诺。

"明年火不火就看你了，哈哈哈！"

我们两个人抱着，哭得像傻子，我们都是孩子，只是过早经历了生活，变得敏感、脆弱，何尝不想天真快乐，奈何不行，因为要生活。

喝酒之后，我的脑子依旧膨胀得可怕，但心中的那一份阴郁已经释放。

哭笑之后，我冲了一个热水澡，便躺在了床上。

不知世界何处，不知哪个位置，不知那个你，是否睡得安好。

但至少，今夜，我没有在想你。

10

次日一早，我在许俊弄出的噪音中醒来。

我不知道他在期待什么，仿佛换了一个人一般，精心打扮着自己。

"昨天晚上我忽然想明白了，我应该开始新的生活，她选择了离开，那我犯贱干什么？就算站在高处又如何，她不喜欢就永远不会回头，也不会回来找我！我何必一个人坚持、痛苦！"

许俊的话如同一根刺扎进了我的心里，将许久未起波纹的心拨动。

"所以……"

我看着他，有些不解，一晚上就想开了，我是不信的。

"我觉得周静不错！"

……

"女生是有恋爱洁癖，她们都希望一份纯净的爱情，像你我这种，除非不向对方提起曾经。如果她知道你忘不了前情，是不会答应和你在一起的。"

"你不觉得周静和普通人不一样吗，她有故事！而且我觉得她性格也不错，我可以不去提及上一段感情，也不去诋毁前女友，就好像没有这段经历。"许俊一脸天真地回答我。

但我只是无奈地摇摇头，不再说话。

11

来到楼下大厅，我们打算迎着朝阳晨跑，周静也刚好从电梯中走了出来。

偶遇。

"晨跑啊？"许俊仿佛看到春天一般，笑容满面地和周静打招呼。

我和她点头问好之后，三人便结伴来到了海边，迎着冉冉升起的太阳奔跑。

此时五点不到。

"我朋友在北山有一家酒吧，也是这里唯一的一家，晚上去玩玩吗？"

"可以啊！"

我还没说话，许俊就直接答应了下来。

不过我倒是很好奇，周静的朋友会是一个怎么样的人。

能和她成为朋友的，恐怕是有一定品味的。

对这酒吧，我也有些期待。

"OK！一言为定！"

晨跑结束之后，我们分道扬镳，但约定晚上七点钟到她朋友的酒吧，文艺之路。

"这小镇好是挺好，不过不太像我心里的城。"许俊和我到了老水产城，这里已经改造成了海边饭店，在这里能品尝各种海鲜。

不过我和他却是坐在码头，手里抓着啤酒，没有遮阳伞，没有墨镜,没有躺椅,也没有沙滩。

但这都不影响我们的腔调,文艺与情怀,理想和方向。

"啪——"

易拉罐碰撞的声音,在海风夹杂中响起。

海鲜的腥味,让我有些作呕。

过于浓烈。

我们喝了十几罐啤酒,谁也没有上厕所。终于在最后,膀胱产生了爆炸的感觉,许俊这才跑向了厕所。

而我却是慢慢悠悠走上渔船上了个厕所。

我们没有理想,没有方向,更别说情怀,也算不上文艺青年,却还喜欢装逼。

那叫腔调。

12

晚上七点,我和许俊如约来到了文艺之路酒吧。

走进去,没有明州的那种嘈杂,这里放着轻柔的音乐,没有舞池,也无须释放什么。

来的多是忙碌了一天的公司白领,在这里小酌一杯,解决公司遗留下的工作,然后在半梦半醒间陶醉。

来到吧台,我巡视了一圈,这种酒吧为的是情怀,而非利,倒是和深圳那家有些许区别。

"深海里的星辰,烈酒!"

想到深圳,我就想到了深海里的星辰,那是我这辈子都难以忘记却不会再去喝一口的酒。

"来一杯文艺之路,高烈!"我看着吧台之上的招牌,招呼了一声服务员。

"给我来一扎啤酒!"

许俊也给自己点了一杯。

而这个时候,姗姗来迟的周静从大门外走了进来,没有引起他人的关注。

"对不起我迟到了!"周静看到我们在等候了,带着歉意走了过来。

我们只是摆摆手,并没有放在心上。

"坐,想喝什么? 招牌的文艺之路?"

我并没有询问她朋友怎么没来。

"可以啊! 我那朋友等会来,你们要听赵雷的歌吗?"赵静点了文艺之路之后,看向了乐队。这里的乐队恐怕也有无限的情怀,才会唱民谣这类歌,一般的酒吧都是爵士,或者摇滚、说唱。

"《成都》《鼓楼》《理想》,随意啊。"我对于赵雷的歌不算是热恋,但听到却能跟着哼。

这个酒吧在平淡之中散发出一种吸引人的气质,坚持民谣,坚持文艺,坚持初心。

就在我们坐在一起聊着天南海北的经历的时候,一个男人急匆匆地背着吉他从外面走了进来。

"周静,抱歉来晚了,今天我做东请你喝酒!"这男人很粗犷,皮肤黝黑,但看起来很阳光。

"没事,这是我朋友,两位作家!"

和他握手之后,我们互相碰了一杯酒。

在这种地方,我其实不喜欢人多,更想点一杯酒,坐在角落,慢慢斟酌。

"抱歉,我想去角落坐坐,找点灵感,等会回去写文。这环境我很喜欢,不过聊天会让我断了思路和灵感。"我忽然站了起来。

这并不是我的本意,但在某一刹那,我突然有些厌恶人群。

这可能就是我的双向性格,喝了文艺之路之后,心态有些崩溃。

"没事，那个角落不错，没人，但是能直接观看乐队。我给你唱一首《鼓楼》吧。"

男人叫方太，我在聊天过程中知道的，在我坐在角落之后，他坐在了吉他首位。

"感谢大家到场，一首赵雷的《鼓楼》送给大家！"

说着，轻缓的前奏响了起来，《鼓楼》的歌词也从扩音器之中传出来。

这种文艺，并不是我想要的。

我连喝了三杯文艺之路，每一杯的味道都不一样。

第一杯，理想与情怀。

第二杯，苦涩和无奈。

第三杯，生活。

没有文艺之路，只是现实。

当时的我，通红着双眼，酒精刺激着我的气血。

接着，我冲出了酒吧。

我成熟了，我也学会了控制自己的兴趣。

"啊——"

嘶吼声在街道上响起，我不知道我当时的状态，但下一秒，我便眼前一黑昏了过去。

13

醒来的时候已经是第二天早上八点。

周静也在房间里面。

"我今天要离开了，先跟你告别一下。"周静穿着连衣裙，长发披在肩头，如同仙女一般。

"那我送你去车站吧！"

我一骨碌爬起来,洗漱打扮之后和许俊一起,送周静前往汽车东站。

在候车厅里,我们没有说话,昨天晚上的心态崩溃让我不想回忆。

就在一瞬间,我的心脏不行了。

周静也没有提及。

每个人都有故事,只是我们不用说明。

14

周静上了车,互留方式约定下回见面之后,大巴车离开了。

她的下一站是南城,可我们,依旧南下。

我们的旅途,刚开始,却也结束了。

Chapter 3

时光流淌在水流深处

浅浅流淌的水，钻进了时光深处。

我站在岸边，眼眸深处是霓虹。

这座城市的繁华，却是水流深处的秘密。

我说，

我在时光里等你。

1

一般到了青春年纪,总会有些感情的萌动。

有时她在大街上的回眸一笑,就能让你一夜难眠。

许俊回去了。

她给他打电话了。

而我在酒店孤枕难眠,看着窗外,这无非是一个作家的腔调。

"你不是住宿舍吗?"我回过头看了一眼小八,很惊讶她今天会来到我的房间。

"想你了呗!大作家!"小八很自然地说了一句。

怎么听那后面三个字那么讽刺。

她是我写处女作时认识的姑娘,现在大三,倒也相识了五六年,期间在南城的时候见过,偶尔一起吃个饭看个电影,同时也是我那本书的粉丝,直至后来,每当我发新书的时候,都要提前告诉她,接受她异常豪气的打赏。

据说那是她的生活费,后来稿费发了,我便如数退还。

一开始小八并不打算接受,她义正词严地跟我说这是作品受到肯定的收入。但最后在我苦口婆心磨破嘴皮子的情况下,她才把这些钱收下了,并且提了好几个要求,最后一个就是要我去南城找她玩。

"我说大姐,你现在不是刚开学,不忙吗?"

虽然没读过大学,但我那些同学兄弟倒是饱受大学摧残,终于能感受到光良唱的《童话》的真谛了。

"童话里都是骗人的,你不可能是我的大学生活……"

后来我去了南城,这座城市的确是比明州发展得快一点。电影这种东西,我总是在夜深人静的时候去看,然后在观众寥寥无几的影厅里面,坐在最后面深吻。

小八喜欢看恐怖片，每当有新电影上映，不管好坏都喊我过去。

第一次我以为她是真的请我看电影，我还贴心地给她买了奶茶，然后她却全程看着我。

"你说你咋那么能呢？我现在还在读书，而你已经是大作家了！"

"我也很好奇，我怎么就那么厉害！"小八听到我自恋的话忍不住翻了一个白眼，我哈哈大笑起来。

2

此时已经是冬天，南方天气有些湿冷，冷空气最近也抵达江南，外面都在下着小雨。

"你还单身啊，都二十好几的人了，也不找个女朋友！"小八说着，将自己的白色手提袋放在了床上，很自然地躺了下去。

"酒店的床就是比宿舍的硬板床舒服！"小八还张开自己的双手摩擦了一下床单，呈一个"大"字躺在床上，微闭着眼睛，我只能回到椅子上面，看着电脑上的时间。

"十点钟了，你不睡觉往我这边跑干啥？"

因为开着空调，房间里面并不是很冷，我身上只有一件衬衫。小八也没有回答，只是躺在那里，慢慢、慢慢地脱掉了身上的外套。

"舒服，大床房、暖空调，生活美滋滋。"小八将衣服扔在了一旁，呼的一声坐了起来，忽然用单眼皮的大眼睛直勾勾地看着我。

我感觉到后背有些发凉，仿佛被什么猛兽盯上了一般。

"哎哟，这不是找你看电影吗，我拷在U盘里面了！"

小八很粗暴地夺过了我的电脑，对她的直接我已习以为常，并没多说什么，默默地退到一旁，欣赏着她被电脑光线映照的侧脸。

"这什么玩意，动作片啊！大哥，你来干啥啊！"

哇！我连忙捂住了眼睛，不是我矫情，只是哪有孤男寡女在酒店房间里面看这种东西的。

这大学学的是啥玩意,为啥把一个纯情小姑娘带成了这样。我已然无语凝噎,不过看着她,我毅然决然地站了起来,躺在了床上,打算睡觉。

"老哥,这可比电影院刺激啊!"

小八拔了笔记本的电源,直接爬到了床上。

我心态崩溃了。

不得不说,对这种电影我已经免疫了,更何况打码了,更加没有兴趣看。

"睡觉吧!"我闭上了眼睛,这一天开车已经让我够累了,我很好奇小八怎么知道我在南城。

灵光闪过,我拿出了手机拨通了许俊的电话。

"小子,是不是你把我的行踪告诉了小八!"

<h2 style="text-align:center">3</h2>

"老哥,我这不是帮你吗? 小八对你倾心已久,我顺水推舟,你还骂我!"许俊的声音有些喘。

"滚!"

"不是,但她是你的老朋友啊,都认识五六年了,关系那么暧昧,你说你不喜欢她我肯定不信的!"

这句话直接把我逼得没话说。

"你在干啥!"

"干爱干的事情啊!"

"你自己饥渴了别说我啊!"

"你就瞎装吧,装洁身自好啊,我懂你!"

许俊说完之后,我"啪"的一声挂断了电话,敢情之前分手是要我的啊。

"不看了，我也睡觉了！"

小八不知道打什么鬼主意，将我电脑关机之后放回了桌子上，紧接着咻的一声砸在了床上，将我震得抖了一下，不过很快她就安静了下来。

我闭着眼睛，脑海也已经被放空，不去想、不去思考。

"哎，骚虫……"小八将自己的手伸了过来，她的手有些冰凉，让我有些不舒服。

"你这性格不行啊，啥时候能找到男朋友，大大咧咧的，也不知道像个女孩子一样矜持！"

我皱着眉头，躺在床上没有丝毫动静，小八似乎并没有放弃，整个人压在了我的身上。

"我不找啊，先跟着你，你不是有很多时间来南城吗！"

小八说着，手一点也不空着，到处乱摸，如果能踹她，我选择把她踹下床去，就当没有这个朋友，还落得清净。

4

她的话让我没办法接，只能继续装死。

后来我不知道怎么睡着了，接着做了一个春梦，过于真实，连我自己都信了。

第二天一早，我发现小八已经离开了，从床上爬起来，后背传来一阵发凉的感觉，空调也处于待机的状态。

我抓着自己的头发，实在是想不起来昨天发生的事情，便进浴室冲了个热水澡。

我不知道自己这两年经历了什么，或许过于忙碌，工作成了第一位，以至于小八的诱惑根本没放在心上。

但我冲了澡之后，依旧没有想明白我昨天干了什么事情。

"你昨天晚上在干啥啊，我都想换酒店了！能不能正常一点！"我给小八打了电话。

"不知道啊，你今天来我学校玩吗？"

我直接拒绝了她，但小八就开始骚扰我，让我不得不答应，其实我来南城是为了公司的事情，并非来找她，所以并没有告诉她说我来了。

"嘿嘿，我在图书馆等你！"

小八激动地应了一声，不过我说换个地方，比如去逛街之类的，都比去学校好很多。

看到我勉为其难地答应，小八也妥协了，说跟我去咖啡厅吃饭。

5

明显，我有一种放鸽子的冲动。

的确，我放了鸽子。

我拖着行李箱换了一家宾馆之后，去了胖子家里。

胖子是我在北京的时候认识的朋友，他在南城有一家漫画公司，漫画也是我未来计划衍生的方向，暂时已经和他谈成了合作意向，具体等我作品出世才能进行漫改。

"你咋混得那么惨？被一个女孩欺负！"

听了我的遭遇之后，他忍不住哈哈大笑，胖子比我大三岁，性格好，我和他比较聊得来，许多方面都能达成一样的决定。

"我能怎么办，我来南城是工作的，又不是撩妹的！说正事，有没有什么办公楼或者众创空间，最好还是众创空间，免租金方便一点。"

因为在明州已经饱受房租的坑害，我心里有了阴影。

"众创有啊，高教园区那边，要么你和我公司弄一起咯。我们租个场地，两百多平六千左右，文创减免也便宜了，众创求人不方便！"

胖子和我一样,除非迫不得已,钱够的情况下还是选择自己租,众创适合刚起步的,我们虽然没有很成功,但至少也有艺术家的骄傲。

我点头答应了下来,这么算的话,成本也不是很高,那我当时还为啥傻傻地要去明州租,郁闷。

说定之后,胖子拨通了场地负责人的电话。

我很好奇地问他,是不是早有准备在找合作,拓展自己的场地了,胖子点点头,不过他说本来就考虑了我,但自己过于繁忙,以及我们企业的特殊性,他选择了放弃。

不过没想到我会自己来到南城找他,既然我来了,他也没必要找不靠谱的。

并不是自夸,我在他眼里,包括合作方面,还是很靠谱的。

6

敲定了合作方面的问题,支付了一年的租金,胖子帮我垫付了一万元。

"谢了,以后有机会在同一间办公室合作了!"坐在南城的餐厅雅间里面,胖子让我给他写首词,原因是他自己投资了一部动画片马上上映,但背景音乐不喜欢,想让我给他来一首。

我摸着下巴,喝了一口红星二锅头,味道浓烈、纯正、冷涩,远比那些红酒、鸡尾酒好喝数倍。

"啧啧。"我咂巴了一下嘴巴,故作一副很为难的样子。

"大哥……"

胖子还没说完,我一酒杯落在了桌子上,吓得胖子都懵了。

"这种事情,我怎么可能会不答应!写!动画片先借我看看。"

胖子被我慷慨激昂的样子震惊了,他以为我会拒绝,但凭我和他的关系,我真不会拒绝。

见我答应，胖子猛灌我老白，一时间小腹滚烫发热，如同喝了一壶沸水。

此时正值冬日，南城也有些冷涩，喝一杯老白，的确是享受，但过量就是折磨了，跟着我的小腹一阵绞痛，直接跑到了厕所。

"你丫的死胖子，想弄死我啊！我有急性肠胃炎啊！"我趴在卫生间的洗手台上，痛苦地低吼着，小腹一阵阵绞痛，真的是玩死我了。

吐了一阵之后，我感觉自己的背上有一只手落了下来，帮我轻轻拍打着。

"喝杯水，你没事吧。"

我艰难地撑起了自己的身体，看了一眼姑娘，马尾辫扎在脑后，雪白的肌肤，身上穿着鹅黄色羽绒服，高挺的鼻梁上戴着一副黑色大镜框，目光再往下移，一条黑色的袜子包裹着修长的大腿，不过我并没有看太久，接过了她的水杯。

"谢谢你，美女！"

第一眼并不惊艳，但至少养眼，不同其他女子，从她身上我感觉到了文艺的气息。

"不客气，不过少喝点酒！"

说完之后，她就转身离开了。

7

我回到包厢里面，幽怨地看着胖子。

"你丫的……"

"哈哈哈，我不灌你了，慢慢喝！"

"还喝什么啊！"我瘫坐在自己的位置上，捂着小腹，还在回忆刚才那美女。

"你认识她啊!"

我随口问了一句,毕竟我对南城不熟,胖子不算土著,但也混了几年,圈子里的人物总还认识两个。

"算是吧,开会的时候见过一面,但她估计没认出我,当时我比较沧桑,还有胡子!"胖子一脸惆怅地看着远方的黑灯瞎火,言语之中带着些许回忆,冷风吹过,让我有些清醒。

"你说不说!"

"说! 她叫孙怡,是一个女作家,应该没你牛,有自己的工作,出过一本书!"胖子被我一吼,吓得身上肥肉都抖了两下,我摸着下巴,得道高人般笑了笑:"我觉得,她比我牛!"

8

吃完晚饭,胖子说带我玩玩,接着我们两个来到南城江边上,买了十几罐啤酒。

"你不冷啊? 忘记了,你脂肪厚!"我呼出一口气,坐在江边的椅子上,此时已经十点多了。

"冷啊,怎么不冷,但就是这种温度,才有腔调! 喝完啤酒之后回家洗个热水澡!"胖子瞥了我一眼,如同看弱智一般,我真想一啤酒罐抡他脸上,看我不给他扔到南城江里。

不过笑骂之后,我们也聊起了自己的理想。

我也有过明星梦,奈何太丑,不适合。不过成名的梦想一直在我心里没有变过,我喜欢被瞩目、被关注,那种感觉很棒。

每个人的存在都有意义,胖子是,我也是。

"我喜欢动漫啊,家里不支持,后来我就离家出走,一个人来到了北京。"

北漂一直是很艰苦的事情,前有朴泊,这回有胖子,我没有勇气,因为有顾忌。

"后来北漂失败了,我最信任的人坑了我,我退出了自己的工作室,抛弃了自己做的 App,一个人来到南城!"

"这也是一座理想之城,梦想在哪都可以,只看有没有行动的决心罢了!"

胖子叹了一口气,猛地喝下一罐啤酒,长舒了一口气,抬头望向天空,仿佛能看到天空的星星。

今天天空很暗,但还有稀松的星河,南城江对面霓虹闪烁,灯红酒绿。

我们仿佛能看到酒吧里面扭动腰肢的女人,KTV 里面尽情嘶吼的倾泻者,办公楼里的加班职员,以及眼前的扫地老大爷。

"大爷,来一罐吗?"我看着他,递了一罐过去,大爷接了过去。

"年轻人干啥那么唉声叹气?"

大爷一看就是有故事的男人,打开一罐啤酒,咕噜咕噜几口就喝光了,随手扔在了自己畚斗里面。我和胖子齐齐称赞好酒量啊,但大爷却是抹了一下嘴巴。

"谁都有年轻的时候,现在的年轻人都太浮躁啊,有了小成绩就沾沾自喜,殊不知人外有人天外有天!"大爷说出这话,颇有一番指点江山的气势,让我忍不住咂舌。

"牛!"

"不过我倒是挺敬佩你们两个,大晚上还跑到南城江边喝酒,咋了,创业上面的问题,还是梦想破灭了?"

看着这个大爷,我仿佛真的能看到他年轻时意气风发的模样。

"老夫聊发少年狂,左牵黄,右擎苍,锦帽貂裘,千骑卷平冈。"

大爷真适合这首词。

9

我们三个人坐在南城江边。

大爷已经下班,不过在睡觉之前,他习惯出来散步一圈,再打扫一下卫生。

风真大,我已经被吹懵了,地上的啤酒罐散落一地。

我搓了一下自己的脸,今天不知道喝了多少,中午喝,晚上喝,夜宵还喝,感觉回去之后连我妈都不认识了。

"大爷,你还不睡觉吗?"

大爷一讲就停不下来,我们便听了不少关于他的经历。

"睡啊,十一点了,差不多了!哎,年纪大了,废话多了,以后常来找我老头子唠嗑啊!"大爷爽朗一笑,我们收拾了一下啤酒罐。目送着大爷佝偻着身子离开,我和胖子才转身。

回到酒店里面,冲了一个热水澡之后,我就头痛得躺在床上,许久不想动弹,但今天还是要更新。

这是职业,每天更新是我的习惯,哪怕脑袋爆炸我也要继续更新。

不过还没等我写完几个字,微信便响了起来。

我知道不是小八,因为我放她鸽子,她选择了拉黑我,毕竟我那么不靠谱,就好像嫖客一样,找了新欢就忘了过去。

不过,我只是一个旅人。

我拿起手机,看了一眼,没想到是孙怡。

"你是作家啊,好荣幸哦,不过你好像很厉害的样子,还开了公司!"

这是她给我发的第一条消息。

"还行吧,我书迷挺多的,不过我听说你也是作家!"

"我就是小打小闹,你这是梦想吗?"

"是啊,坚持了很多年,总归有点成效了。"

"哇! 很羡慕,不知道你还招不招人,我给你写啊,我想辞职专门写作!"

"你应该也有实力吧,来我这里不是屈才吗?"

依旧是商业互吹,我已然习惯了各种吹捧,也没有太在意,不过之后发生的事,的确是让我很激动。

吹完之后,对方只是一个点头之交,酒劲过后,估计也成了陌生人。

10

第二天,我就接到了婷婷的电话。

"骚虫你在南城啊,晚上来吃饭呗,我好想你们哦!"

"行啊!"

婷婷是我一个高中同学,普通朋友,但平时也有联系,听了她许多倾诉,让我感觉大学一片阴暗,庆幸自己没去。

如约来到咖啡厅,坐在卡座里面,我看着她似乎心情有些不好。

作为专业的鸡汤灌溉者,我听了她许多控诉,也说了许多安慰的话,但大学就是半个社会,你没办法,必须适应、承受。

"最近又咋了,是不是那群室友欺负你了?"

"那倒不至于,总感觉不自在啊,大学生活不是想象的那样,她们太自私了!"

接着,我便听了婷婷的控诉。

和舍友一起去上课,婷婷蹲下系鞋带,之后抬头发现她们已经走了,这让她心凉。

婷婷口红比较多,但舍友却拿她的口红去用,还说:"下回不买口红了,就专门用你的!"

吃零食每次都拿婷婷的,自己有却不分享。

我听完之后,忍不住笑了一下。

"我觉得你舍友挺奇葩的,你运气不错,能遇到这种人也是缘分,我觉得不错!"

"哇,你还笑啊!"

"我跟你说,这种人就是这里有毛病!你只管一个人就行了,宁愿孤独也不将就!"我说着,还指了指自己的脑袋,并不是刻意去诋毁婷婷室友,但能做出这些事,的确是脑子不好。

"吃点好的冷静冷静。"我说着,点了好几份吃的给她。

"没有吃一顿不能解决的事情,如果有,那就两顿!"婷婷被我的安慰逗笑。

不得不说,自从我离开学校之后,这张嘴叨叨不停,谈生意谈合作,还有谁比我能说,不过每次谈女朋友却是没机会,也不知道是不是应该给自己唱一首《凉凉》。

凉凉夜色为你思念成河,化作春泥呵护着我……

11

送走婷婷之后,我也没去理会小八,这妮子估计很快就好了。

我来到了胖子的公司,他们今天准备集体搬迁,办公室里的桌椅要全部带走。

"你桌椅挺多的,借我两张!省得我再去买!"我看着他,脸上带着谄媚的笑容,胖子上下打量了一下我。

"我觉得……不可以!"

说完之后,他继续忙着自己的活,我不依不饶地跟在他身边喋喋不休。

"你干啥看着我?"胖子终于理我了,刚才那瞬间,他的肥肉都颤抖了一下,鸡皮疙瘩遍地。我用暧昧的目光看着他,他简直想把我胖揍一顿。

"我真想把你从八楼扔下去! 啊,我怎么会认识你这种人! 两张,最多两张!"

胖子伸出了自己肥肥的两根手指,我满意地点点头:"我觉得可以!"

胖子在指挥整理,而我则是在招聘网上发布了信息,同时分享到了朋友圈里面。

短短两分钟时间,孙怡的简历就投了过来。

"老板,我要来面试,就现在,你觉得可以吗?"我点开看了一下孙怡的简历,做得很精致,似乎早有准备。

师范毕业,曾是学生会主席,写过词,唱过歌,十佳歌手第一名,作品刊登在《花火》上。

我……

这种人我要来干吗,太牛了。

"我觉得可以,地址在上面,你来了直接进来就行了!"不过既然对方真的想来,不如让她先来面试一下。

不过说真的,我心里有些发虚,孙怡能力太强,我不一定驾驭得了,更何况我们是写网络小说的,她哪里会理会这种"低俗"的东西。

12

胖子依旧在忙碌,我靠在窗台边上抽着烟。

云雾缭绕,碰了一下烟灰。

三根燃尽,手机的铃声也再次响起。

"老板,我到了电梯口,你在哪呢?"孙怡的声音从电话里传了过来,我掐灭了烟,走出了办公室。

"这里!"我没想到和孙怡的第二次见面会那么快,而且是在这种地方,以老板和面试者的身份见面。

每个人都是有梦想的,每个人也都要生活,我无法在两者之间权衡,可孙怡在两点中选择了梦想,选择了辞去工作。

我不知道她这次来面试能否成功,但这份勇气足够让我去敬佩她。

"老板好,我是孙怡,这是我的简历。"孙怡今天换了一套职业裙,穿着一双平底鞋,依旧将头发扎在脑后,微笑着将自己手里的简历递上来,我看着她,握了一下手。

"你好,里面来吧。"我将她带到了办公室里面,因为胖子在外面指挥,尘烟滚滚,我只能将孙怡带到独立办公室里面。

和她面对面,我能正视她,能清晰地看到她脸上的酒窝。

"你……那边的工作已经辞了?"我看着她,疑惑地问了一句。

"昨天晚上提交了辞职信,等会就去公司收拾东西了。"孙怡笑得很淡,这种笑容让我心痒痒,这个女人不一般,不算惊艳,但也看不腻,她总能给你出乎意料的东西。

"你之前的工资是一个月五千,日常加班吗?"我看着手上的简历,她已经将之前的工作内容补充了进去,详细、精致。

"对啊,辛苦,做自媒体,但没办法追寻我的梦想,写的都是言不由衷的内容,公司也没谱,不会给我拉渠道去推广自己的内容,简单来说就是资本家!"孙怡点点头,仿佛找到了倾诉对象一般,我无奈地看着她。

资本家。

每个想赚钱的人都是资本家。

"恭喜你,可以入职! 我等会儿给你办入职手续! 不过公章要等几天,这公司我昨天才弄好,执照什么的都还没审批。"

我站起来,再次和她握了一下手。

　　我没有问下去，哪怕我对于眼前的这个女人有很多的问题，但听到那句资本家的时候，我知道她有想法，如果这家公司给她，她也能弄得风生水起。

　　"没问题！"孙怡微笑了一下。

13

　　送走了孙怡，我依旧靠在窗台上，冬日暖阳照射进房间里，带着丝丝暖意。

　　我看到她走在人潮中，今天是工作日，时间是早上九点，人流拥挤，纷纷扰扰，我看着她消失在角落。

　　胖子递过来一杯咖啡，也看向窗外，此时我们就像是成功人士，颇有一番睥睨天下之势。

　　"咋了，小姑娘辞职跟你干了？我觉得很好啊！你小子很有前途。"胖子说着，喝了一口浓烈的咖啡，我倒是叹了一口气，反而像是我耽误了孙怡的前途，跟着我，很难有稳定的未来，此时我就像浮萍，居无定所，给不了太多，工资也不高。

　　五千在南城也只能吃盒饭，不过我也只能给同样的工资，但至少，我不会亏待她。

　　"总有点亏待她，我不赚她的钱没事，但她来我这的确是屈才了！供不起！"

　　就好比我是龙，但我所处的环境仅仅是虫居住的，要么龙飞，要么安心当虫。

　　不过还有第三个选择，造龙窝。

　　我想，孙怡的选择，是第三种，最难得。

　　跳槽是再正常不过的一件事情，公司的发展对员工来说是最重要的，没有前途，留下也没用。

既然她选择了,那我就尽量给她最好的。

"你要有点自信!你是老板,不是员工,你要把自己的位置放正!"胖子连喝了三口咖啡。

这种东西,可以当水,也可以当腔调。

"你刚刚的想法是把孙怡当成了一个打工者,你错了,你要把每个人想成一个潜力股去发掘!"

胖子说得没错,我也明白他的意思。

他想告诉我,下班了大家可以是朋友,可以聚餐,但上班的时候要把自己当成老板。

但当了老板又如何,围绕着的都是利与益,只有在低谷时选择陪伴在你身边的,那才是真的朋友。

以至于我如此孤独,与人少有交集。

想起以前,那时候的我才不是一个老板,仅仅是他们的朋友,一个还在成功路上奋斗的人,他们见证了我的成长。

14

我看着胖子:"我们就是朋友,不在成功时到来,不在失败时离去!所以你的位置要摆正!你就是老板,你要有一个老板的样子,而不是他们的朋友!否则你会被轻视,而不是等同!"

我拍着胖子的肩膀,转身将咖啡杯放下。

他看着我的背影,呢喃了几句。

我经历的没他多,但我能从经历中感受人情冷暖,我学会了辨人。

"你们在哪呢,晚上吃火锅吗?"我发了一条微信给老娜,她和利利同在经贸,也是我低谷时的陪伴者。

刚才和胖子说的话,反而给了我自己一个警醒。

成功时莫忘低谷时的朋友,低谷时你们未离去,成功时我愿还你们千百倍恩情,感谢有你们,陪我走过艰难岁月。

"在上课啊! 你请我们吃啊?"老娜秒回了一条消息。

"嗯! 聚德火锅,我晚上把定位发给你,老刘和利利也一起来吧!"我回了一句,但脚步不停地往校园里面走去。

我没机会上大学,能来里面看看就足够了,至少说出去我也是"上"过大学的人。

"嗯,好!"

接着我问了他们上课的地方,她问我干啥,我显然不会告诉她。

买了一点零食,我就来到了教室门口。

刚好他们刚下课,教室里的同学都在收拾东西准备离开。

大学不比高中,上课跑很远,下课时间也很长。

"好久不见!"我一眼就看到了老娜和利利,嘴角微微翘起,笑得淡然。

"好久不见,你竟然来了啊!"老娜和利利分别给了我一个拥抱,很暖,许久未见也能和曾经一般熟悉,这就是友谊。

"对啊,惊喜吧! 我来南城出差,琢磨着来看你们。"

我们三个走在林荫小道上面,地面上铺满了落叶,金黄灿烂,仿佛炫耀着曾经的辉煌,但最后跌落尘土。

互相询问了最近的一些事情,大家都过得很好。

"童话里都是骗人的,这不可能是我的大学!"

听了婷婷的感受,又听了老娜、利利的,加上小八的生活,感觉大家都被高中老师忽悠了。

不过大学生活的感受,还是取决于一个人的想法。

于我来说,浪费时间,但对他们来说是不得不选择这条道路。

选择无可非议,也没有对错,只能说——

好好学习!

15

离开大学城，我没有去看别的同学。

我仅仅在朋友圈发了一条，定位南城高校园区，但许多同学发来了消息，想让我去看他们，附带点吃的。

我只是笑了笑，已读不回一直是我的风格，所以，你们慢慢等吧。

"你这个混蛋，还不来看我！"小八的来电响了起来，果然还是耐不住寂寞，来找我了。

"我来看你干啥，我都觉得自己像个嫖客了，所以看你就成了没必要的事情！"我半开玩笑地说了一句，那边的小八沉默了一会儿才说："你不是嫖客，是我像妓，不然何必缠着你！你是将军，可我不是公主！"

这话说得很有腔调，奈何我就是听不懂啊。

"我说你今天是不是又发神经了？"

我无语地问了一句，人际关系的处理是一件很伤神也很麻烦的事情，所以我永远也不会去拓展自己的圈子，你们可以走进来，但别想我出去。

所以，面对小八，我就犯难了。

所以，我也像一个嫖客。

"我就是想你嘛，哎你这个人真的是没有腔调！"

小八撒娇地说了一句，我再次挂断了电话。

16

直到下午三点，我才回到了公司。孙怡打电话说已经办完了辞职手续，问我能不能接一下她，东西有些多。

我答应下来之后，根据定位来到了她的公司楼下。

仰望。

很快我就看到孙怡从大门走出来，我走上去将她的东西接过来："你东西有点多啊！"

孙怡嘿嘿一笑："当搬家一样咯！"

我将东西搬到后备厢里，孙怡上车后长舒了一口气，看着窗外缓慢移动的行人。

"这里藏着梦想，也藏着失望，不过终于要离开了！"说完，孙怡不再回头，只是看着前方。我从她的眼里看到了希望，看到了斗志，对于新的生活，至少她很期待。

我搬着东西带着她走进公司。

"这办公室先给你，然后你帮我在招聘网上发布消息，这是模板，实习工资两千五，转正看情况，这是你的任命书！"我将一张打印好的纸递给孙怡，看到上面的字她都懵了。

副总经理！

的确，孙怡有这个能力。

"你的工资税前六千，其他补助到时候要靠你去申请了，社保也要等十个人以上再去申请。"

"等等……"孙怡连忙打断了我。

"我怎么觉得我被坑了，你这是要当甩手掌柜，让我帮你管公司啊！"孙怡瞪着自己的大眼睛看着我。

我点点头："是的，是这个意思，这个公司给你管。因为我的根据地在明州，而且我觉得你有这个能力！"

我一脸信任地看着她，孙怡一副想暴打我的样子："行吧，看你一脸真诚的样子，我就勉为其难答应了，我等会儿就弄信息！"

孙怡说完之后，打开了自己的笔记本开始敲击起来。

我满意地点点头，她远比那些人执行力要强。

这才是人才,而明州那些,我无语凝噎。

17

孙怡的效率很快,一个小时就搞定了职工入职计划书,网上的招聘信息也已经提交。

"行,刚好五点,可以下班了。对了,你住哪里?"

"我在两千米外的小区,自己租的房子,你要去喝茶吗?"孙怡看着我,眨了眨自己的眼睛,脸上带着暧昧的笑容。

我连忙摆手:"算了,晚上不方便,我晚上有事,明天请你吃饭!"

"胖子,下班了! 你等会把孙怡送回去,我借你的车用一下!"

按时将他们三个接上,我们便前往火锅店,因为来得早,人并不是很多。

走进包厢,我将菜单递给他们。

"力挺我那么久,是时候回报了,随便吃!"我们四个认识三年多了,却很少有机会聚在一起,因为忙碌,也因为那时候太穷。

"老王现在混得不错啊,王老板! 晚上咱喝一点!"老刘是利利男朋友,两个人谈了三四年了,所以我和他的关系也不错,能偶尔喝个酒。

"可以!"

点菜上菜,其乐融融,这种饭局不比其他,我们可以敞开心扉,可以矫情,可以长醉不休,也可以展露自己内心的懦弱。

因为信任他们,因为他们是朋友。

朋友。

这两个字不是随便叫叫,有时候这比兄弟更重要。

"碰一个!"

一杯啤酒一饮而尽,再吃下滚烫热辣的火锅,这就是我们的青春,冰火交融,刺激火辣,但是爽。

我们要无悔。

认识你们我无悔。

18

吃饱喝足,我已经有些晕了。

因为明天还要上课,我就让他们先回去了,而胖子也答应过来接我。

回到酒店,我昏沉地睡了过去,仿佛过了一个世纪。

这一晚,我睡得很沉。

梦里出现了她,出现了她们,出现了一群人,从我的生命里、生活里,来去。

我离开南城之后,问孙怡公司咋样。

她说:"来时盛放,走后荒芜。"

略想念……

我们的相遇是一个意外。

所以我们不会有结果,像花一样,来时盛放,走后荒芜,荒芜后,永远无法盛开。

Chapter 4

失意的人生

你说喜欢站在大厦落地窗前。

看这座繁华的都市，然后想想——工作还没完成。

这座城喧嚣，车水马龙，窗外连绵的灯光，埋葬的是我们青春的热血。

Chapter 4

失意的人士

1

"其实很羡慕那些曾经拥有过的人,像我们这种人,连拥有的机会都没有。"

小芝离开时坐在我身边,她一直看着窗外,公车站点上的人向后移动,也如同我们的爱情一般,消逝、消失。爱情像从窗缝吹过的风一样,离开时无声无息,吹起她的头发。

我们都没有说话,都沉默着,甚至都没有拿手机。

我看着她熟悉又陌生的脸。

那一刻,我们好像隔了一个世纪。

又好像隔了一句话的距离。

我想伸手摸她的头发,刚抬手却又放下去。

就在不久之前,我们说了分手。

等头发再落下,我知道她就该下车了。

终于,她还是离开了。

我跟在她的身后,像盗贼一般,紧紧地盯着她。她走得很慢,慢到让我想追上去牵住她的手,但我知道不可以。

我们花了那么长的时间认识、了解对方,最后用一天时间说了两个字。

分手最大的遗憾就是不能当面说清,或许一个拥抱能解决的事情,最后却形同陌路。

不过,我们见了面,吃了饭,看了最后一场电影,最后坐上了一班公车。

这一站后,也许就分道扬镳。

我依旧清晰地记得,她头也不回地走了。

永远地离开我了。

我目送着她坐上了回家的车，却许久挪不开步子。

"小芝……"

车子的发动机声好刺耳，我的泪水忍不住流淌，我以为是被风吹的，可心痛告诉我那是绝望。

2

你就像风一样，卷起我所有的年少轻狂，最后带走了我所有的骄傲。

哪怕我知道那是绝岸，但仍毫不犹豫地往下跳。

Because I love you.

从未后悔。

"爱情就像是毒药，无时无刻渗噬着你的身体、灵魂，当你无法离开它的时候，它却能无情地将你撕裂！

"爱情又好像是一杯毒酒，你明知道喝完之后可能见不到明天的太阳，但你依旧喝得义无反顾，仿佛能让你在醉生梦死之间看到相遇的场景。

"她终于消失在了我的生活里，从未提起好像从未拥有，也许有一天我们能再相遇，但却只能微笑而不是拥抱，多么残忍！"

他喝得烂醉如泥，但他却不知道，她躲在被窝里面哭红了眼睛。

昔日他最爱的澄澈双眼，如今布满了血丝。

昔日他最爱的明媚双眼，如今充满了泪水。

昔日他最爱的温柔双眼，如今写满了失望。

我们都没有放弃对方，只是不再爱了。

刚在一起的时候，我问该怎么叫你才显得温柔。

"不需要温柔，叫滕小芝就好了！"

之后这个名字深深地烙印在了我心里。

她有小刘海,挂在耳后,时常被风吹到眼前,于是我习惯性地将她的头发撩到后面,带着溺爱的目光刮一下她的鼻子。

每次她总会害羞地躲在同学的身后,看一眼周围。

她走路很可爱,像一只松鼠,低着头,生怕有人丢了她;每一步又迈得很大,生怕跟不上对方。

她依旧喜欢刷微博,喜欢看一些我不明白的东西,然后就消失不理我。

她就是那么有个性,可有时候又那么怂,怂得可爱。

如果未来我们还能相遇,我们都经历了风雨,变得成熟,在同一个城市同一个地方再遇到你,我还想拉你的手,问你,我们能在一起吗?

那时候我希望你站在路灯下,四处张望等待着我回家。

我开车路过你的身旁,说:"姑娘,上车吗,我送你回家!"

我想在未来给你一个家,无论三年、五年,还是十年,我都愿意。

3

我们都愿做那落叶,或是沉迷深海的鲸,最后腐化在这个世界里,不留下一丝尘埃。

我喝着酒,晒着阳光,手里捧着一本书,微眯着眼睛害怕双眼被刺伤,那一刻我将孤独和敏感收藏,迎着阳光忽然张开了双臂,闭上眼睛,深吸一口气。

虽然没有什么变化,但在别人眼里我是如此的热爱生命,享受生命……

不过,为什么在别人眼里。

我自己也想不通。

但是书上却写着一句话:你要学会将风装进兜里,它能吹起你的风衣,哪怕孤独也显得潇洒。

我睁开了双眼,阳光依旧刺眼。

心里的空虚依旧没有被填满。

只有我知道少了一个你,生活就不再充满激情。我像极了一个老妪,说是享受人生,却是在失落地逃避。

那种感觉,真的很糟糕。

4

我依旧行走在路上,和你却如同天人两隔,永远不见。

痛苦的生活让我在深夜想你到泪流,我以为忙碌能让我忘记,不过那感情早已深刻在骨子里,我又岂能如愿。

我在上班,在远离她的地方,我以为每天的疯狂与透支能短暂性地将她遗忘。

酒精会麻痹人的神经,我会选择在深夜来一瓶二锅头,然后第二天撑着爆炸的脑袋工作。

那时候的创作成了一种生存方式,或者苟且偷生的活路。

我只有每天不断地敲击键盘才能在这座城市生活下去。

我就好像伏地乞讨的乞丐,放下尊严以求生存,求着老板多发两块工资,但事实上在老板的眼里,我仅仅是一个劳动力,拿着两千块的工资,干着一万块的活。

凭什么?

我毅然决然地辞职,老板依旧是资本家的嘴脸。

"我真的挺羡慕你的。"辞职之后,我和老常坐在老江边的酒吧里面,在这座城市我没有关系很好的作家朋友。

或者说,没有人能被称为作家,哪怕在许多时候,我仅仅是一个为了生活谋出路的写手,一个打工者罢了。

但我又何尝不想自己成为一个作家。

明显,我们都还在路上。

"羡慕我啥啊,我什么都不是!"

老常扫了一眼周围:"唉,没意思! 我们往外面走走,夜晚的江边还挺好看的!"

5

我和老常走在明州江口,看着滚滚不息的江流。

"唉,当年远离家乡,来到明州打拼,现在想想,倒也是值得的,那么高的物价,我怎么活下来的!"我看着老常,他走南闯北,扫过厕所,捡过垃圾,开过饭店、酒店、咖啡店、自助餐厅。

老常是我最敬佩的人,他有韧性,哪怕生活折磨他,他依旧能很顽强地生活在这座城市里。

明州是一座发展迅速的城市,你可以看到三年前在路边捡垃圾扫地的人,三年后在市中心买了一套房子。

我们就是这座城市中的蝼蚁,坐看他们走上人生巅峰,然后在明州江里起起伏伏,混不出什么花样。

"就这样不知不觉活下来了,穷过富过都一样过! 所以……"

老常和我说了很多他的经历。

"苦难会教会你成长、独立,先沉稳而后自立,再去拼搏事业!"老常将手插在口袋里,仰望天空,我站在他身后,总有一种仰望成功人士怀念曾经奋斗的日子的感觉。

"所以,等你经历了生活,你会发现自己这些成功并不算什么,可能连自己都养不活,这也是我为什么单身的原因。在明州你没有房和车,你又有什么资格去给人家幸福,别耽误人家了!"老常靠在柱子上,风吹过,有些寒意,我看着他,看到了岁月流转过后的沧桑痕迹。

"总归还是能遇到爱情的,你不去争取吗?"

我坐在地上，仰望着他，随即问了一句。

"争取啊，我谈了很多女朋友，但最后都分手了，因为居无定所给不了太多，哪怕我知道是自己运气不好，没遇到缘分中的人，但也累了，也没必要坚持了。"老常说着，哼起了小调。

我能认识老常，也应该是缘分了，因为全职限制了圈子，但也能在偶然之中遇到其他的人，或许这就是缘分，我和老常的缘分。

"大哥，都快三十的人了，真的不去争取一下吗？"

我看着他，有一种看父亲的感觉，不过老常实际才二十八岁。

十八岁出来到二十八，十年间谁知道发生了什么，他的经历我只能听却不能感受，至少从我的角度看，他这几年过得不好。

或者说，从到明州以来，他就如同一个被抛弃的孤儿，落寞、孤独。

"没必要，算了！"

老常从怀里拿出了一包黑利群，抽出一根放在了嘴上，拿着磨光了漆，在月光下显得耀眼的老式打火机。

点燃，深吸了两口，我看着他出神。

6

我不知道自己未来会怎么样。

就好像写文开头总是以言情开始，我在怀念她，但后来我却忘了，我遗忘了一个人，生活里闯进一个又一个，然后透过我的身体，离开，腐蚀着灵魂。

我说，能不能给我来一根。

黑利群的味道一直很纯正、浓烈、香醇，不比爆珠，嘴角留臭，也不比女士烟，细小抽着费劲。

更比中华、大熊猫来得带劲，抽的是情怀，无所谓价钱。

"你之后打算干什么？"

"之后我可能死了也说不定,所以今日享受烟味的奢靡,明天的事明天再说!"

老常换了一个方向,坐在了我的前面,用佝偻的背对着我,低着头,又猛吸了两口烟,憋了很久,才长叹了一口气。

他太顽强了,就好像打不死的小强,被压扁了身体还能挣扎两下腿,告诉我们他还活着。

除了老常,还有二十。

我忘了他叫什么,仅知道,他二十岁,曾和我在明州江边,蹲在草地上,谈理想谈未来,嘴里叼着我送给他的黑利群,谈以后怎么合伙做生意,怎么找女朋友然后结婚,偶尔来两口已经凉了的烧烤,僵硬的烤年糕。

二十很脆弱,最后没有敌过病魔,在二十岁生日的第二天,永远离开了人世。

我说,兄弟,你在天堂要抽烟吗,我给你烧一条黑利群,味道纯正、浓厚。

他和老常不一样,他喜欢音乐,喜欢弹吉他。

但也和老常、我一样,叛逆,喜欢在外流浪游荡,追寻所谓的自由,不过都是无用的情怀。

我和老常抽完了一包烟,两个人的身边堆着烟头,这个时间应该没有人扫地了,于是我们两个像干了坏事的小孩,佝偻着身体,戴着帽子离开了。

"我说,走那么快干啥!"

我跟在老常后面,走到灵桥上,风呼呼吹过,冷涩。漆黑的江面上映照着灯光,朦胧、晃动。

"这座桥,我看到许多人从这跳下去。"

"有的人死了,有的人活下来了,但好像死了一样,有的还能热爱生活。有时候觉得迅哥这句话说得挺对的!"

"迅哥没说过这句话!"

老常摸了摸自己的口袋,发现已经没有烟了,我从自己怀里拿出了刚才顺路在小店买的红利群。

"便宜!"

"红利群味道也差不多,只是抽惯了黑利群,就好像喝惯了农夫山泉,再喝饮料就仿佛喝尿一般。"老常没有拒绝我的红利群,抽了一根过去,放在嘴里抖动了两下。

"抽烟呢,燃烧的屎?"我似笑非笑地说着,依旧坐在冰冷的地上,靠在栏杆上,这位置看风景不咋地,因为没有人流,没有刺眼的灯光,有的只有随江流飘散的烟灰。

7

"你说你为啥要那么倔强地出来?这不算是真正的社会,不过已经足够打磨棱角了!"老常看着我,忍不住问了一句。

我看着他,他双手有些抖,仿佛很冷,身上的呢大衣多次紧缩,裹住身体。

"如果我非要经历你那种苦难,才算是经历社会,那我混得也太惨了。"

"那是你运气好,挺有勇气!"

这一晚,我们两个男人从灵桥走到江厦俏,望着三江口,又上了甬江大桥,走在和义大道上。"以后我们应该在这种地方办公。不对,是肯定要在这种地方办公!"我指着那栋不知道叫什么名字的大楼,豪情万丈地说道,老常抬头看了一眼,双眼有些浑浊无光。

"挺有理想。"

我看着手机上的时间,深夜两点了,平时这个时候我都窝在家里,在被窝里刷着手机,直到双眼刺痛流泪才闭目深睡,次日十二点起床。

那种生活很糟糕,却又懒得改变。

　　我和老常坐在肯德基的卡座上,窗外的车流窸窣而过,车速一百码,像是亡命之徒狂奔,亦像是赛车手,感受速度与激情,等待着被仲裁。

　　许多时候,肯德基就像临时救济站,没地方睡觉的时候,来这里躺一晚,挺好。我看着右手边的长椅,几个穿着红色工作服的中年人躺在上面,身上披着衣服,睡得安详。

　　而柜台里面的服务员也昏昏欲睡,但还要盯着我们两个深夜两点来肯德基喝咖啡的神经病,抑或是有犯罪冲动的男人。

　　"我想写一本书,写自己这十年。"老常看着窗外出神一个多小时后,在凌晨三点,忽然冒出了那么一句话。柜台后面的服务员也早已忍不住困意,趴着睡着了。

　　"刘同、张嘉佳、大冰,他们都是我喜欢的作家,也都是成功者,谁都漂流过,北上广深哪个城市不是满含理想,明州也是一样,有理想在哪都一样! 你这个年纪,应该多学习,他们的成功不是偶然,在抓住机遇的同时,也都上过大学,有点技能。"

　　"你要去按需而学,按你自己的方向去学习,否则你一生都会被限制,对你来说学历、文凭没有用,但学习和经验是你需要的,文凭、学历不等同于经验,有些人上大学就是为了文凭,而有的是为了经验、经历。"

　　"你可以在大学创业,可以兼职,可以跟别的关系交际,拓展圈子,或许你浑身带刺,但在大学,你也要收敛,因为成功就是为了打磨你身上的刺,磨平你的棱角!"

　　"像卢思浩、张皓宸、苑子豪、苑子文,他们都上了大学,或许你没有上,没有机会,但多去走走,或许有机会。这条路,是最难走的一条,没有之一!"

　　老常就像是到了更年期一般,喋喋不休,我看着他。他像是前辈,教我许多。他的确没说错，这也是我在做的，但成就终究太渺茫，我又能如何，我只能努力去接触他们，去汲取经验。

两个男人就这样在肯德基坐到天亮，五点钟的明州天还漆黑。我和老常用仅存的精力，在寒风中等待了半个小时，喊来了一辆出租，回到了酒店。

至于为什么没用滴滴。

打不到。

不过，老常说得对，大冰、张嘉佳、刘同，也是我喜欢的作家。

或许还有另外一个人，我所认识的，挺哥。

8

挺哥是我在市作协认识的。

之前并不认识，某一天在上班的时候，他给我打电话说，东钱湖那边有一个明州影视巅峰论坛，让我一起参加一下。

我答应了下来，同行的还有苍天白鹤、谋逆，当然也在现场见到了其他影视公司的大佬。

后来加了挺哥微信，看到江南作家推送的文章，至少从他的身上，以及文字里看到了一个桀骜不驯、有理想的男人。看了他的书，让我有一种想写他的冲动。

我说你要有理想，比如超越张嘉佳，成为像大冰那样的作家，来个全国签售，或者变成刘同，当一个副总裁。

不过他只说希望自己的书不让公司亏钱就行了。

至少挺哥是一个很务实的人。

他游历了各个地方，当然那时候我还不知道在哪里做梦。

至少此时我认识的挺哥，沉稳，偶尔爆个粗口，在作协上班。

我不知道这是不是他理想的生活，但至少，我不喜欢这样。

　　我仅和他见过两面，也没多打招呼，就第一次摸了他的手，他的手略有些糙，不过挺大的，有力。

　　他后来说帮我推一下书，我对于自己印刷的一本处女实体已经不在意了，整理了三万字发给他，的确是不在意，日后也没有过问，毕竟现在出版市场并不景气，没点名气你哪里来的勇气去出版，出版了也不见得有人买。

　　之后我申请了加入省作协，挺哥、五哥都是协会的人，还有白鹤、雁无痕、北藤等几位前辈。一年加入市作协，下一年加入省作协，并不是一件很夸张的事情，至少证明我这一年在努力，而且足够努力。

9

　　后来和老常少有联系，我也不知道他在干什么，他就好像人间蒸发了一般。

　　或许真如他所说，写自己的十年书去了。

　　也如我所说，光这一年就足够写两本书，更何况他那十年呢？

　　老常教了我许多，他很用心，把我当成朋友。

　　"老常，我说咱们不如去旅行啊，找找灵感，飞国外也行！"我给老常发了微信。

　　半个月后，老常才回我。

　　"写文是真难，半个月才写了一万字，真搞不懂你一天怎么写两万的！"

　　我问老常是不是有一种思想卡在脑子里却不知从何说起的感觉。

　　他说是，我让他整理思绪，跟我一起飞，然后在路上我教他写。不过老常一眼就看破了我的心思："你小崽子又打我的主意，想免费让我带你旅游啊。"

　　老常这几年走的地方不少，国内国外都去过，从老挝到尼泊尔，从缅甸到泰国,从云南到武汉,再从武汉飞北京,继而南下,而且他经常选择绿皮火车这种有腔调的交通工具。

我嘿嘿一笑,他直接答应了我,春节过后就开始。

约定好了之后,我回到了公司,有朋友从外地回来约了我。

忙完了生活,说干了经历,我也终于在和朋友告别的时候,见到了她。

她还是她,只是换了一副眼镜,她背对着我,但我能感觉到她身上熟悉的气息,我看着她的背影,许久不愿挪开目光。

我说:"小芝,好久不见。"其实我很想说这一句。

那天在舞台上唱 rap 时,我说:"Hi, girl, do you still love me now?"

不过我没问,我想请她坐下来,或者寒暄,或者怀念,但她却拉着朋友的手离开了,去了四楼。

我知道没机会了。

我想,愿你御风破浪历尽千帆,归来仍是少年。

10

我跟着上了四楼,我本以为永远不会再见面,毕竟你我都不再是曾经的自己。相隔半年,六个月,却好像过了六年,有些陌生,也难以忘记曾经的熟悉和曾经分别时的绝望。

坐在同一家咖啡厅里面,我已经有些遗忘了,她曾经爱的、喜欢的。原来在某一刻,真的会将某一个人遗忘,化作尘埃。

我刷着朋友圈,发现老常和我在同一个地方。

老常问了我的位置,我发给他之后,继续静静地看着小芝。她坐在我的对面,而她的同学斑鸠恰好遮住了我。我能看到她的脸,过于清晰,过于让人想念。两分钟之后,老常的身影从外面出现,我朝着他摆摆手。

"你小子有腔调,给我来杯卡布奇诺!"老常拍了我一下,随即坐在了我对面,我连忙把他拉住:"起开,挡着我视线了。"

老常疑惑地回头看了一眼,看到了正抬头的小芝,马上就明白了,连忙换了一个位置,坐到了小芝侧方位置。

"这就是你所说的前女友啊,挺好看的,柳叶眉,眼睛不错,不过不是一个文艺女青年,我认识的文艺女青年一个个都很有腔调。"老常侃侃而谈起来,我很少对小芝做评价,但她是我遇到的所有女生中,最喜欢的一个。

小芝没有离开,和斑鸠两个人吃着饭,我怎么也想不到,时隔半年之后,阴差阳错在这种地方再遇到她,她终于没有躲闪,但就好像陌生人一般。

是的,就如同陌生人一般。

"年轻人哪个没谈过几次恋爱,我问你,你现在还记得啥,再过两年你可能就直接忘记了!哪怕走心,也走不了太久!"老常搅拌了一下自己的卡布奇诺,喝了一口之后,这才开口说话,我看着他,喝了一口拿铁。

"早已是陌生人,我只是觉得相遇挺有缘分的"。

11

小芝吃完饭离开了,这顿饭我和老常吃了不知道多久。老常好像我的指路人,教育我、引导我。

回到了公司,生活回归平静,这个夏天过于神奇,也过于美妙。我靠在椅子上,看到了桌子一角处的录取通知书。

哪怕当时离开了又如何,至少参加了高考,拿到了录取通知书,也有了进入大学的机会,可我选择放弃,如老常说的一般,所有东西要自己去学，没人逼你、提醒你。我拿着通知书，点燃了。

一纸通知书，十几秒之后化为了灰烬。

"这是燃烧的青春，也是燃烧的梦想。人呐，总要舍弃些什么才行，就比如这个看起来能改变命运的录取通知书，其实就是一堆灰烬！"我踩了两脚，害怕把公司给烧了。我来到里间，看到老常坐在茶几前面泡着茶，一看就是专业的技术。

"可以啊，我尝尝。"喝茶无非是喝情绪，苦涩、甜味都能在茶里体现，而我喝到了落寞，我看着老常，是有些落寞了。

连喝了三杯，本该越发清淡，反而越发落寞。

12

"我有神经衰弱，每天晚上睡觉很难受。还有焦虑症，对于一件事情会很着急，很想快点去完成。"老常跟我说了一句，我点点头，我也有这种症状，夜晚难以睡去，面对一件事情会很焦虑，所以我能理解老常，但可能他比我更加严重，我看着他，无奈地叹了一口气。

"多喝茶就行了！"我给他倒了两杯，老常也终于闻到了灰烬的味道，问我是不是真的把通知书烧了。

"那还有假，奋斗里面自己去看咯！不是这一把火我哪里来的灵感，确定书名，半小时写三千字！"我看着老常，任何生活细节都是灵感的来源，就好像烧了录取通知书，我能写一个故事，再来一根黑利群，吸完之后神清气爽。

"你小子是真的野路子，牛！"老常哈哈大笑，我只是淡淡地扯了嘴角，哪有你野。

一把火，点燃了整个 2017，燃烧了梦想，至少现在的我成功了一半，同样，我也得到了我所想要的。

我们谈论理想、未来，也谈论爱情、情怀，我挺怀念曾经游走的日子,那种生活无牵挂,活得舒坦。

我想像老常一样,经历十年,不管结果如何,不管会不会有人闯入,或是离开,就这样走,顺其自然。

13

后来我和老常走在明州大桥上,风吹过,冷得我瑟瑟发抖,这座沟通海镇和高新区的大桥,更显孤寂了。

"差不多了吧,回去睡觉吧。"老常看着我,我已经在打哈欠了,但并不打算回去。

整个人感受到虚脱的累,但累不代表要休息。

"算了,再逛会吧,看看这大江东去的浩瀚气势,感受一下人的渺小,有时候,人就是那么脆弱,被一根烟打败。"我捏着手里的黑利群,塞进嘴里点燃,用力地吸了两口。

烟雾充斥肺部的快感,让我觉得人生如此美妙。

所谓的情怀,不过是如此活着,与其高尚地追求那所谓的尊重,倒不如庸俗地用金钱去衡量。

我喜欢钱,不似五哥说艺术面前不谈钱。

我喜欢庸俗地尊重自己的艺术、作品或者自己的文艺情怀。

我也喜欢用自己的才华赚钱,这才是我要的。

于是,我觉得挺哥是我的偶像。

"唉,年轻人就是这种心态,不过年轻就是好,我像你这个年纪的时候也这么伤春悲秋,心里有挥之不去的悲凉感,不过后来年纪大了,累了,就没有时间去思考自己的人生,甚至觉得人生就该这样,走一步算一步,因为你算不到你明天会不会挂。"

甚至,你都不知道你晚上会不会从这里跳下去。

老常说得很精辟。

没毛病。

我已经想好了很多话,想和老常说,但听到这句话,我决定不再开口。

我这个年纪,什么梦想,什么情怀,在老常那个年纪同样也有,每个人都一样,只是有些人选择把它们沉进这东去的大江里。

表面看起来静静的,但暗地——

波涛汹涌。

14

老常离开了明州,我没去送。

甚至,他连消息都没告诉我,等他离开之后,我打电话问他,他说要去外面旅游。

出国。

15

一个月之后,老常回来了。

当然,我和他合作改行了,在骆驼新城租了一层办公室,有独立的总经理办公室,有会议室、办公区、休闲区……

"明天组织一下版权开发会议,有导演过来……"

"周四有一场活动,派人去参加一下。"

"徐总那边送来了剧本策划要求,让策划部安排一下!"

……

改行,就是从底层爬到了中层。

每个人忙碌在工作岗位上,我和老常坐在办公室里面喝茶,说是淘宝九块九就能买十斤还包邮,老常财大气粗地买了十斤。

喝了一口,就好像煮熟的塑料一般,刺激、优雅,略有些骚气……

我还坚守着懒虫文化,认定那是我为之奋斗一生的路,职业作家,撑着一家半死不活的公司。

我说,这家公司永远不会倒闭。

是的,到现在我和老常转行之后,懒虫文化还在那里,有时间我也会去管理一下,依旧是老板,只是负责人是我一个陕西的兄弟,他们负责提供内容,我们负责转型,这就是改变。

这也是我曾经一直思考的。

办公室迁移到了这层楼里面,留了五十平,四张办公桌的位置。

那里坐着十个人,有一开始跟随我的老吴,有后来加入的几个朋友。

所有人的初衷都一样,梦想。

16

"听说今天来应聘了一个美女,要不要去看看?"老常看了一眼微信,开口说道。

"没兴趣。"我摇了摇头。

我捏着茶杯,再次喝了一口充满塑料味的茶,杯子里倒映出我的模样,奶奶灰的长发,深邃的目光,干净的肌肤上有些许胡茬。

大写的帅。

老常忽然露出了意味深长的笑容,极为猥琐。

他三十出头,但看起来像五十岁的大爷,一个月不见瘦了一点,皮肤黝黑,常年留着板寸,说这样就算没洗头也不会有人发现。

最后,老常还是将我拖了出去,来到了接待室。

里面果然坐着一位长发女生,背对着我们,目测是一个美女。

"别是背影杀手啊!"老常嘀咕着。

"我觉得悬。"

我和老常走了上去，人事部部长正在面试，看到我们两个，连忙站了起来

"两位老板，亲自来？"

老常和我神一般的同步，摇头拒绝。

不过我和他还是一副视察工作的模样，坐在了对面。

惊艳！

只能用两个字形容。

17

我看着她的简历，还算不错。

胡倩，女，1996 年出生。

小姐姐啊！

接着往下看。

明州大学本科毕业，学生会副主席，曾参加创业比赛获省赛二等奖，专业广告设计服务……

"哥，你咋看？"我看了一眼身边的老常，问了一句。

"你有兴趣吗？"

"有一点点！"

"上！"

……

我白了一眼老常，接着起身站了起来。

人事部的经理也问得差不多了，看了一眼老常。

毕竟他是这里的老板，决定权在他手上。

但老常盯着简历，似乎在犹豫。

而胡倩似乎也很有耐心，脸上始终带着职业性的微笑，目光平静

又期待地看着老常。

一般大眼睛的美女,双眼最迷人。

"你决定吧!"

我知道老常给我机会,我深吸了一口气,伸出手:"恭喜你,通过了我们的面试,明天来上班吧!"

胡倩似乎意料之内般站起来,和我握了一下手:"谢谢!"

高贵!

18

我将胡倩送到了电梯门口,我看着电梯楼层屏幕上不断跳跃的数字,有些晃神。

"晚上能请你吃饭吗?"

胡倩的声音响了起来,很温柔,我转过头去看着她,有些疑惑。

"我?"

"是的,王总答应吗?"

"为什么无缘无故请我吃饭?"

我心里暗想,难道我的桃花运来了? 星座书上只说我今年能赚大钱和改命,没说我有桃花运啊。

"没有为什么,可能是比较合眼缘,又或者……"说到一半,电梯门打开。

"好了,晚上见!"

我看着胡倩走上电梯,她依旧带着职业微笑,我朝着她点点头,直到电梯门关闭。

我愣了三秒,抬起手搓了搓自己的脸蛋。

难道是因为我长得帅?

19

胡倩约我吃饭的地方是公司附近的西餐厅,她租的房子也在附近。

她比我大两岁,岁月在我脸上没有留下太多的痕迹,只是有三个月没剃的胡子。

"我查过王总的信息,上过报纸,知名网络作家,年纪轻轻就有这么大的作为,很让我羡慕啊。"胡倩笑起来很温柔,算不上惊艳岁月,只是细水长流,似春风拂面。

"我怎么查不到?我只是扑街写手而已。"

我干笑了一下,在女生面前我并不抽烟,加上忙碌之后,自己对于烟味反而有了一种厌恶的感觉。

创业最大的变化,就是能够在短时间内给我撕裂一般的成长。接得住,世界就是我的;接不住,我便会被淘汰。

"谦虚了啊,而且我可是听过你的事迹的,烧通知书,白手起家,任何一件事都足够我钦佩的了。"我并不明白胡倩的意思,崇拜?爱慕?又或者吹捧?

我并不觉得自己多有魅力,对我来说,感情已经太虚无,又或者已经过了掏心窝子的年纪。

现在的情绪,没有岁月静好,也没有波澜壮阔,只是随缘。

"比我强的人很多,清华北大走出来的,或者家境殷实的,任何一个人创业都比我有优势,赚的还比我多。"我摆摆手,有些时候我甚至会厌恶别人的吹捧。

我会去质问,怀疑自己的努力,为什么别人起跑线比我高,为什么别人在创业初期有投资,而我创办懒虫文化的时候就只能白手起家。半年存了六万,十二月亏了两万,这都要自己去承担,去承担这种来自社会、现实的压力。

我不甘。

当然，只有我自己知道，我的 2017 年荒废了，我在打游戏，我在浪费金钱，回过头来后悔已经来不及，已经过去了，这是一条孤独的路，没有人警醒，就只能堕落。

假如我努力一点，2017 年就能存十几万，而不是六万，我相信自己的能力，可那时候我选择自甘堕落。

我在缘儿面前说，我是废物。

她说别那么说自己，你很厉害。

可我觉得自己就像一个废物。

……

我目光直直地盯着胡倩，想从她的目光里解读到什么信息，但她太清纯了。

清纯指的是她的眼睛清纯，让我解读不到任何的信息。

"你的内心不甘，这已经足够了，不要给自己太大的压力。"

胡倩尝试开导我，但这种开导几乎没用，甚至会让我疯狂。

对，曾经有一个女孩试图开导我，但我疯了。

因为我知道我想要的、我想得到的，并非那么简单。

"没事，不聊我了。"

我喝了一口饮料，我不再热衷酒精，甚至有点厌恶那种刺激。

不是因为开车而不喝酒，不再因为烦躁而买醉，只是，单纯地讨厌酒精而已。

我甚至会觉得，喝醉酒去释放的人挺傻，何必伤身体？

当然，我曾经也那么傻过。

胡倩听到这句话，愣了一下，接着目光直直地盯着我，平静却散发出异样的光芒。

我被她盯得有些发毛，让服务员送上来一瓶江小白。

话题还在深入,时间走到了九点多。

白酒有后劲,等我站起来往外面走去的时候,冷风吹过,就有些上头了。

"你住哪,我送你回去?"

胡倩温柔的声音在我耳边响起。

深夜倒不会干柴烈火,我想她也不会那么开放。

"就在附近,桂花园。"

我还能走路,只是没办法走直线。

我的酒品也不差,不会干一些过火的事情。

我本身就是一个很保守的人。

回到小区房间,我打开门,然后我听到了关门声,胡倩离开了。

但就在我头痛欲裂、昏昏欲睡的时候,胡倩的声音再次响起,接着我感觉到额头热毛巾的温度。

我的确讨厌酒精,只是胡倩撩拨到了我的内心。

或许,任何人都能撩到我的内心,

只是少有人能让我去倾诉。

20

这个故事似乎没有结尾。

那天晚上什么都没发生。

我没去思考人心,没去思考人性。

因为猜不透,胡倩离开得很安静,安静到我不知道她什么时候走的。

Chapter 5

心中之城

下雨天有人给你撑伞，
流泪有人给你擦。
你是我生命里的美好，
原谅我没有好好珍惜。

1

流星终将泯灭在无尽的夜空中，

泉水终于干涸在了沙漠中，

我们的感情终于走到了尽头。

我终将穿过黑暗透过黎明，来到你身边。

世界上美好的东西太多，

我们都将遇到更好的人，

愿生活温柔待你，

一个人也可以生活得更好。

我做了很多段感情的摆渡人，说了无数的心灵鸡汤，但最后成了自己的毒鸡汤，毒死了自己的感情。

我不知道爱一个人是什么感觉，看到了太多的感情在我眼前产生，等爱情真正降临在自己身上的时候，反而措手不及。

爱一个人是什么样子，是想告诉全世界我有一个你，是想爱得深沉又热烈，是想未来都在为你努力，是想爱得平凡而又伟大。

想念一个人是什么感觉，是想把你当作信仰，然后为你奋斗一生，是想把你的照片作为手机壁纸，然后每天看着一直傻笑下去。

在离开学校的那一个学期，花心的我遇到了真正爱的人，平时暧昧成瘾的我用心地经营着这段感情。

最后因为我的暴脾气、她的不在乎而分手。这段用手指都能掰出日子的恋情，我也忍不住把它当作一个故事拿出来炫耀，因为我也曾爱得那么热烈、深沉。

我和她是在朋友的介绍之下认识的，见面是在学校新大楼的紫藤花架下面，她很可爱，修长的柳叶眉，单眼皮大眼睛，却很清澈，如春风拂面一般,有两颗可爱的小虎牙,笑起来很是腼腆。

其实我是一个不会聊天的人,平时闷头看书创作,根本没有想过自己感情的事情,但青春热烈,哪怕多么不在意感情,心里也会期望自己遇到那种不顾一切的爱情。

2

第一次给她发消息是在国庆,我发过去的消息就像石沉大海一样。在国庆结束的那天晚上,她才满怀歉意地给我发来一条消息。

其实在她不回我的第二天,我已经有些放弃了,如果她不回我消息,那么我就连追她的资格都没有。

不过看到她回的消息的时候,那即将熄灭的希望之火再次熊熊燃烧了起来,我如同一个炮弹机器一样给她刷过去了一堆的消息,而她只回了我一两句,熟悉了之后,才互相交换了联系方式,接着提出了见面。

在见面后的第七天,我们在一起了,总共认识十五天,交流了七天的感情,恐怕所有人都会觉得不靠谱,但不得不承认,我们两个人都对这段感情很用心。

她喜欢草莓芒果蛋糕,我每星期都会提前跑到蛋糕店订好蛋糕,然后一大早送到她们班教室,附带一杯香浓的慕斯奶茶,接着静静地等候着她的到来,只要看到她,我一天的心情就都很完美,哪怕遇到了什么烦心事,也会一扫而空。

或许这才是爱情真正的样子,喜欢一个人,只要每天看到她就很开心,一想到她就能傻笑一整天。

虽然她的教室在楼的那一头,我的教室在楼的这一头,但下课就想跋涉"千山万水"去见她。

爱情的味道是甜美的,好像棉花糖一样,黏人却甜蜜入心。

在学校里面一起吃饭,去图书馆度过中午时光,然后下午一起放学,所有人都未像我们一般形影不离,爱得热烈,过得平凡。

她说:"感情是两个人的事,在一起不用太多人知道,只要自己开心就好了。"

有一天她问我要不要一起去看看落叶,那时候已经是深秋,想来叶都已经落得差不多了。我情商太低,在她无数次的暗示之下,才恍然大悟,原来是要出去玩。

为了那一天的见面,我起了个大早整理自己的头发,然后穿上白衬衫,打着领结,披着西装,很是正式地走了出去,大街上回头率蹭蹭飙升。其实我平时很随意,根本不会这么打扮,但为了第一次和女朋友的约会,愣是把自己扮成了一个职场精英。只是太过于正式,在见面之后被她吐槽了很久。

但我很看得出来,她很开心。

她走得比我快,所以每次都会回头看我有没有走丢,最后实在是不放心,直接拉着我的手往前走,她手掌的温度,那一瞬间融化了我心里冷漠多年的寒冰。

她的手很暖很有温度,也很有肉感,捏起来胖乎乎的,我很是喜欢。

我鼓起勇气一把将她揽在怀里,她瞪了我一眼,随即很甜蜜地靠在了我的胸膛上,我的心跳也在瞬间加速。

3

"为什么你的心跳会那么快?好可爱哦!"我的紫藤小姐可爱地朝我笑了笑,感情中的白痴莫过于我,从她清澈明亮的眼睛中,我看到了幸福。

"我的心只为你跳动啊,你靠我越近,它越激动。"她用拳头打了我一下。我们就在打闹中走进了电影院，眼花缭乱的电影让我一个选择困难症的人无处下手，我问她想看什么，她却看着我。

"你喜欢看什么就看什么，我有选择困难症。"紫藤小姐将所有的担子推给我，我也只能无奈地接了下来。

为了迎合她，我问她喜欢看其中哪几部，然后再从这几部里面选。为了看一部电影，两个人愣是在电影院纠结了十几分钟，最后赶在电影开场的前三分钟才冲进去。

电影院人很少，我和她来到了情侣座的位置，我依旧用手揽着她的腰，而她也一直靠在我的怀里。

"你不累吗?"紫藤小姐忽然问我。

"如果可以，我愿意一直这样抱着你。"我笑了笑，刮了一下她的鼻子。

我们的爱很简单，很多时候恋爱中的男女智商都会变得低下，正如彼时的我们，我一直喜欢那种简单的爱情，没有太多人，没有世间烦扰，不用琼瑶剧里面那样狗血，你情我愿就好。

4

爱一个人的方式可以很简单，一句我爱你，然后用自己的实际行动去诠释，可以不说太多的情话，每天守护在她的身边。

我们相互依偎着对方，在这个寒冷的冬天，显得无比温暖，原来我们曾爱得如此认真。

我拉着她的手，两个人的距离再次拉近了许多。

"为什么你要走在我的右边啊，而且你都不看手机，我每次都喜欢刷微博。"紫藤小姐拉着我的手，另外一只手抓着手机。我知道她是很缺乏安全感的双子座，所以握着她的手更加紧了，在那一刻，我就知道自己的生命里没办法失去她。

　　我不知道爱一个人是什么感觉,但我对于爱的理解就是用自己的生命守护她的周全,所以我站在她的右边,因为右边是马路。

　　"你刷吧,不过我希望有一天,你能真正地打开自己的心门,让我成为你的守护者,成为你的全世界,成为你寄托安全感的地方。"我捧着她的脸,说得无比认真,在那一刻,她真的是我的全世界,在这个欲望的城市里最后的信仰,是我心中之城里面那个最纯净的女孩。

　　我不知道自己为什么会有那么一种感觉,这份爱,我爱得深沉、热烈,爱得刻骨铭心,爱得汹涌,拥抱她的时候,想把她融入生命里,亲吻她的时候,想好好地怜爱她。

　　"我希望有一个人能稳稳地把我的心接住,那我就会腻着你了,看你能不能做到啦。"紫藤小姐笑得很开心,我们都很努力地维持着这段感情。

5

　　我很讨厌自以为是的人,或许是因为他们总是误解我话里面原来的意思,久而久之,去他的沟通大吉。

　　我和紫藤小姐吵架了,她无奈我的自以为是,我无奈她的话不说明白,每次都让我去猜测,最后又和她的预期大相径庭,于是原本甜蜜的感情出现了裂缝。

　　我的生活中再次出现了一个人,让这段有些裂缝的感情,破裂得更加彻底。

　　我的前女友闯入了我的生活,将我和紫藤小姐的感情残忍撕裂,遍地凌乱,最后只剩下了苟延残喘的肢体。

　　当初同意前女友的好友请求时,我并不知道自己是出于一种什么心态,心大并没有想太多,或者是我觉得已经放下了曾经的这段感情,并不觉得她会破坏我的生活。

　　但显然，我低估了一个为爱疯狂的女人的能量，她毁了我和紫藤小姐的幸福。

　　"你明明加她了为什么要骗我，我最讨厌欺骗，你不知道吗？你让我仅存的安全感从哪找？你这样会让我像一个傻子一样。"紫藤小姐哭了，我第一次看到她哭，外表坚强的双子座，当有一天被一个深爱的人欺骗的时候，也会哭得像个孩子。

　　"对不起，我真的是无心的，我已经放下了这段感情，所以我才觉得这并不算什么大事情。至于不告诉你，我是想让她别再执着于我，等我解决了之后再告诉你，不可以吗？"我紧紧地抱着她，那一刻，我真的害怕失去她，天空暗得可怕，好像一只巨大的野兽在吞噬着我们的幸福、信任。

　　"我求求你不要再闯入我的生活了好吗？我们已经是过去式了。"我给前女友发了最后一条消息，我终于知道失去的感觉，是如此的撕心裂肺。在那时候，一段青葱岁月里面的认真，却也是生命里最不可磨灭的记忆。

　　"对不起，打扰到你了。"她满怀歉意地给我回了消息，那一刻我的心又软了，或许我也没有想象中那么深爱紫藤小姐，于是我止住了按下删除键的手。

　　我原本以为事情就这样告一段落了，但她却借用我的头像和好朋友聊天，制造我和她复合的假截图。因为我当初的心软，一瞬间将我和紫藤小姐残存的感情，彻底撕裂。

　　"你是不是还想着和她复合，你把我放在哪里了，只是你暧昧的工具？我曾经那么努力地告诉自己再坚持一会，别那么快放弃，你把我放在哪里了？"紫藤小姐咆哮着吼道，在电话里我听得出她哭得很伤心。

　　我沉默着不知道如何回答，回想紫藤小姐和我发生的一切，想到她刷微博一个多小时不回我，回到家不报平安，一看电视就忘了我，让我这个占有欲极强的射手座很没有安全感,那一刻,我发现原来她也没有想象中那么喜欢我。

我自嘲一般地笑了笑,对着前女友说道:"别再打扰我的生活了。"

我生气于前女友的纠缠,我无奈于自己用心尽力交出去的感情,却没有得到应得的回报,那一刻满腔对爱的热情,心中之城寄托安全感的那个人,心里面执念的信仰,第一次出现了裂痕,逐渐地扩大。

我曾经问紫藤小姐手机重要还是我重要,她笑了笑,并没有回答。

爱一个人就应该做好受伤的准备,在感情中,真的没有公平可言,你爱得疯狂,也狼狈得像一条狗。

青春的感情,只适合怀念,不适合永远。

后来,我们分了手,紫藤小姐放弃了我。

我嘲讽地看着镜子中哭红眼睛的自己,原来你是这个世界上最可笑的人,被耍得团团转,就像个傻子。

"你为什么不再信我一次,我爱的人是你。"我掩面痛哭,泪水顺着脸颊,嘀嗒嘀嗒……

6

我以为生活就这样平静了,前女友彻彻底底地消失在了我的生活里,紫藤小姐也躺在列表里,我不知道该用什么身份去找她提出复合。

那两个字不断地颤抖,刺激着我的心脏,原来我真的很爱紫藤小姐。

"我真的不知道欺骗会让你那么生气,但我真的和前女友没有感情了,我喜欢的是你,小猪,和好吧好不好?"孤傲的我为爱低声下气,但为了爱的人,卑微到尘埃里又如何,或许错过了她,就是一辈子错过呢?

我知道她对我失望了，我们的感情也出现了裂缝，这件事情恐怕会一直记在她的心里，成为无法愈合的伤疤。

和好之后，她对我的态度冷了许多。我让她改掉回家不给我发消息的习惯，让她改掉长时间刷微博的习惯，而她也让我改掉暴脾气和自以为是。

我们都在努力，失去后才追悔莫及，所以我更加舍不得她离开。

"小猪，明天出去玩吗？"时间飞逝到了元旦，屋外阳光正暖，我再次拉起她肉乎乎的手，想带着她去看海。

"你知道我最向往的是什么吗？不是大海另一头的岛屿，也不是深海里欢乐的鱼群，而是天空之上隐藏在白云里面的一座晶莹剔透的城池，是我构建的心中之城。"我捧着她的脸，第一次感觉到眼前的女孩那么美丽，纯净的眼睛闪闪发光，目光躲闪不敢直视我。

"在欲望的城市里你就是我最后的信仰，如果有机会，我想带你私奔。"我轻声说道，十指紧扣，但那一刻，我只想把她融入生命里，用我的爱稳稳接住她的心，给她想要的安全感，给她全世界。

"你看那夕阳，好美啊。"我紧紧拉着她的手，站在海风吹过的沙滩上，紧紧把她搂在怀里，冷风把她吹得脸色通红，更加显得娇艳欲滴。

双子座喜欢神秘，但我喜欢什么都告诉她，我知道这样对感情不好，但为了给她想要的安全感，只能从其他地方找神秘感，所以无数次被她吐槽说话只说一半。

不过这也是我们生活中的一点小乐趣，放学南辕北辙陪她坐校车到公车总站，然后她坐上直达回家的车，我坐上开往学校的公交再回家。

7

虽然很麻烦,可每次都乐此不疲。我喜欢坐在她身边,但是她又不敢和我对视,看了我一眼立马转移视线。

她问我为什么喜欢一直盯着她看,我说因为你可爱,看你一辈子都不够,我还没有把你的样子深深刻在脑海里,我想有一天脑子里都是你。

其实我并不是一个会说情话的人,每次说情话都结巴。在路上见到她时,身边的好兄弟会起哄,而我只敢对她笑一笑,因为那也是我们最美好的幸福。

再一次和她约会,是去一个陌生的地方,为了给她一个惊喜,我特地早早起了床去赶拥挤的地铁,然后开始摸索着熟悉路线。我不是一个路痴,所以走了一遍就大概记住了。

九点多的时候她问我在干吗,我当然已经到了,而且此时正坐在肯德基店里面吃着汉堡,可我却告诉她我在吃早饭,还在家门口。

"那么听话啊,那我等会出门,你得让我先,我让你出门你再出门。"我满口答应着,擦了擦手,开始计算着她家到这个地方的时间,于是我再次马不停蹄地赶到电影院,买好了两张电影票。

我不知道是不是所有人都和我一样,为了和女朋友的一个约会提前到达这里查看地点和周围的环境,然后躲在某一个角落告诉她我还没到,等看到她的时候却还要装作刚刚到的样子,然后来一场缘分的偶遇。

或许这样显得多此一举,但我这么做的时候却无比开心。

"这次你要看什么电影?"紫藤小姐前一秒看到我还气嘟嘟地说有些冷,但下一秒就抱着奶茶吸起来,我将贴挂在额前的头发拨到耳后,在这个寒冷的冬天我却感到无比的温暖。

"你真的没骗我?"紫藤小姐很是不相信地看着我。

我笑了笑随即伸出四根手指。"我发四真的是偶遇,地铁比较快。"我揽着她的腰直接把她拉到了电影院里面,这才结束了刚才的话题。

或许吧,自从前女友那件事之后,我们之间的信任就有了危机,那件事也成了一根导火索。

我拉着她的手,她却一直抱着手机,只在看电影的时候把手机放下,跟以前一样靠着我,出来之后再度抱着手机,我发现自己在她心里的地位再次降低了许多。

"你发现没有,你一直都抱着手机,都不看看你身边帅气又可爱的男朋友。"我终于忍不住说道,她抬起头仔细地打量了我一下,随即"扑哧"一笑。

"你好可爱哦,亲亲。"我板着脸一副生气的样子,但被她可爱的样子瞬间弄得尴尬起来,只能原谅了她的小习惯。

8

她考上了冲刺班,学业繁重,和我聊天的时间也少了。在她眼里,世界上的一切东西都比我重要,后来她经常不回消息,成了感情裂缝中的第二块炸药。

她一直是一个不自信的人,连续三个学期被评为三好学生,却告诉我好害怕自己考不出好成绩。

"你可以的,别担心了好不好?你是学霸,三个学期被评为三好学生,竟然担心自己考不好?而且你每天晚上都在好好学习,虽然经常会睡着是吧……"我拉着她的手笑呵呵地说道,走在操场上,静静感受着冬日午后的阳光。那个时候刚刚临近期末考试,也就是那个时候,我提出了离开学校。

　　不知道其他人有没有一种感受，自己女朋友是一个工作狂或者是学习狂，总是在换了一个新环境之后，比之前更加努力，她总是不自信，认为自己做不到，对自己的成绩不满意。

　　于是选拔考成绩出来之后，她就好像疯了一样地学习，每天六点半刷完微博之后就要去学习。所以我们聊天的时间就只剩下了早上，很多时候就连早上她也要占用去学习。

　　作为男朋友，应该支持她的学习，于是我也全部忍了下来，她似乎是知道我到学校的时间，每天六点四十分就问我你是不是快到了，哪怕我真的到了我也忽悠她说没到，然后慢慢悠悠地等待着七点钟的到来。

　　终于到了期末考试，她说下学期要住宿，我扯着嘴角毫不犹豫地反对："别扯了，你睡觉都要妈妈陪，住宿怎么照顾好自己？不行。"

　　"哇，我只是说说，你就那么打击人家。"紫藤小姐很是委屈地说道，我笑了笑，心里更是溺爱眼前这可爱的女孩。有时候她真的很天真很傻，但第六感也很敏锐，于是我在她面前不敢说假话，整个人特别怂。

　　不过我也很喜欢这种感觉，至少很真实。

　　"所以啊，还是乖乖地做我身边的小宝贝，我保护你啊，毕竟你这个傻瓜除了学习什么也不会。"她顿时面红耳赤，却也笑得很甜蜜。

　　或许给她的那次伤害没办法痊愈，但我在用自己的努力不断地照顾她，给她安全感。

　　后来她要学习，我也离开了学校，让我感觉到我们两个人之间的距离越来越远，她一直忙于学习，而我也没有借口打扰她。我的脾气也越来越不好，吵架的次数终于多了起来，三天一小吵，五天一大吵。

　　可她每次还装作一副不在意的样子，当我是起床气，于是我更加无所顾忌，甚至到了天天吵架的地步。

　　"你为什么最近脾气那么爆啊，你到底有多看不惯我啊，那么容易生气,你以前还说我脾气不好,我感觉你才是真的不好。"紫藤小姐委屈地说道。

两个人的爱情里面,付出注定会被抱怨,你的叮嘱关心会被她认为是啰嗦,你的寻求关注,最后也变成了找茬。其实我只是想让自己的安全感得到慰藉,每次发出去的消息得不到我想要的回复,我就会觉得她并不是那么在意我。

有一天我问她你手机锁屏密码改成啥了,她说1014,我微微一愣,直到回家才恍然大悟那是我和她在一起的日子。

"你没有想出来是因为你总觉得我没把你放心上,不在乎你。"最后紫藤小姐说了一句话。

第三天,我们再次吵架了,连续三天,她终于累了。

"我们分手吧,我累了,你怎么也安慰不好,让我怎么办?我也很无奈,你自己都答应我要改掉坏脾气了,可你没有改。"分手两个字再次在我眼前晃动,我的心仿佛被挖走了一大块,很痛。

"你不要走好不好?"我苦苦哀求着,再一次不争气地哭了。

"傻瓜,我说我喜欢你你不信,我说我放弃了你偏信,睡觉吧,晚安。"

晚安是我爱你的意思,只是从那天之后,我再也没有听到她说晚安。

9

最后我还是和她分手了,隔着屏幕的一句"我累了"。

一月十八号,是我们在一起的最后一天,这份感情持续了用手指头掰算出来的日子,没有坚持到三位数,而在跨年夜说的那一句承诺,我想陪你到明年跨年,终于也随着时光消散了。

很多恋人分手之后连朋友也做不成,不是合不来,是因为你太了解她了,了解她的生活习性,了解她的爱好,了解她口红的色号,了解她太多太多,不管什么时候见面,都会很尴尬。

在爱情里面谁先主动谁就输,而我则是输得一败涂地的那一个人。

分手之后我还烦着她,但她根本不回我消息,很多我劝慰朋友的鸡汤,到了自己身上完全没有用,哪怕知道那些道理,也不愿意去接受这一个事实。

失去了,才真正懂得珍惜。

"在欲望的城市,你就是我最后的信仰。"

"你走了,彻彻底底地在我的生活中消失了,是我亲手把这段感情推入深渊,葬送了,但我的心却撕裂一般地痛。"

"你的离开像一把小刀,狠狠地插入我的心脏,撕裂我的灵魂,撕扯着那未经形成就已经支离破碎的城池,信仰凋零满地。"

从那一天起,我失眠了,每天到第二天凌晨三点钟才疲倦睡去,然后睡三个小时就猛然惊醒,浑身被汗水浸湿,想念的日子太难熬。

我不喜欢听分手的歌,时至今日我也在手机纪念日里面记录着我和她在一起的日子,分手的日子、认识的日子、她生日的日子,我想告诉自己别忘记了,她一直没有走。

你说你要做她的天使,不能再骗她了。

我嘲讽地看着镜子中哭红眼睛的自己,你的眼睛够小了,别再哭了。

我最喜欢她的眼睛,清澈明媚。我告诉她:"你用你的眼睛装下有我们的整个世界,然后我的眼里只装下一个你,那就是我的整个世界。"

她走了,我每天喝得酩酊大醉想要睡去,哪怕意识已经昏沉了,可我也不敢睡去,脑海中深深印刻着她的样子。

我怕我有一天醒来之后,会忘记她的样子,会忘记她的名字。

借着香烟呛入心肺的感觉,哪怕咳得满眼泪花,我也忍着抽完一根,然后在烟雾缭绕的世界里面独自缅怀,看着烟雾中那座晶莹剔透的城池,城池里面那个纯净的女孩。

我笑得像个孩子,天真烂漫,我曾经那么相信爱情,可如今爱情却成了伤我最深的毒药,笑着笑着,我不知自己早已经泪流满面。

烟酒的味道并不好,但真的只有在麻木中才能强迫自己不去想她。

我也发现,原来她走了之后,时间过得那么慢,而我的身体也越来越弱。

终于到了春节,而我也和她分手了十天,不再联系,我终于失去了所有和她联系的资格。

10

人在青春时总会受伤,只有受伤了才会更加清醒,然后笑着感谢生命里的那个人。

春节我喝了太多的酒,早上起床去走亲戚,中午喝得满脸通红,然后回家倒头就睡,晚上再接着喝,喝到自己蹲在地上吐得像一条狗,一条狗蹲在我身边摇着尾巴,似乎是在嘲笑我的狼狈。

终于,身体在这春节里彻底被我折磨垮了。

我的生活也没有步入正轨,分手后,我只见过她一面,她依旧冷漠,而我像一个陌生人一样与她擦肩而过,她高傲得像仙子,我却狼狈得像小丑。

我曾经无数次问自己,究竟还不愿放下这段感情不愿放下的原因是什么,因为美好,因为爱过,因为我曾经把她当作信仰努力过,因为她傻,她可爱,我不想再让别人去欺负她,也因为这段感情不得善终,因为遗憾。

多么深沉而又热烈的爱,可最终她不属于我。

笑得天真,我也哭得像个孩子,现在想起,我依旧能傻笑半天,青春的爱情,注定了怀念一生,也注定不适合永远。

很认真地喜欢一个人,而那个人也很认真地喜欢你,最后感情还是走向了灭亡。原来最强求不来的就是感情,最捉摸不透的也是感情。真心本就是瞬息万变的,今天她喜欢你的优点,明天她就讨厌你的优点,所以总有一天会被伤,然后告诉自己成熟一点,她不爱你,生命里还有其他人会去爱你,你要等,美好的都会在你未来的路上慢慢出现。

后来我也觉得挺可笑的,但我也没有后悔,这段纯真的爱情,注定会是生命里最难以忘怀的,既然不会永远相爱,那就永远怀念,至少她曾在我生命里出现过。

11

爱了就要努力爱,分开了也要努力释怀,生活不会为你等候,或许她走了,你才会更加努力,生活美好的风景太多,别永远驻足在一个地方,如果未来有机会,她会在前面的路口等你,如果没有缘分,那就怀念她,那也是你一生中的一部分,不应该只有遗憾。

哪怕身边的人来了又走,变来换去,但我们都没有变的是都在为一个人而变好。

"原来你是我最想留住的幸运,原来我们和爱情曾经靠得那么近。那为我对抗世界的决定,那陪我淋的雨,一幕幕都是你,一尘不染的真心,和你相遇好幸运,可我已失去为你泪流满面的权利。"

未来或许不是我陪在你身边守护你,但我希望你爱的人,那个人也爱你,为你守护整个世界,给你想要的一切,在下雨的时候能为你撑伞,在你难过的时候给你依靠的肩膀,有时候别太倔强,爱你的人很多。

　　你喜欢草莓芒果,喜欢刷微博,不敢一个人睡觉,傲娇、任性却也傻得可爱,原谅我没有好好珍惜你的爱。

Chapter 6

深海里的星辰

那一杯深海里的星辰，
年少轻狂与孤傲，
玩世不恭和沉淀。

1

你是深海里的星辰,是我年少轻狂的爱恋。

你是梧桐盘亘的凤凰,是我未曾后悔的执着。

你是黄昏夕阳下的依靠,是我永远追随的痴狂。

深海湾酒吧伫立在海洋区,我最爱的,是深海里的星辰。

一杯蔚蓝色的酒,苦涩辛辣,刺激得泪眼蒙眬。

来到这座城市的边缘已经很久,我一直没有离开,每天晚上都会来这里喝一杯深海里的星辰,在酒精的麻痹下,看着舞池里面扭动腰肢的人,顶端摇晃刺眼的灯光,手里各种颜色的酒水。我喜欢混着香水味的香烟,烟雾呛入心肺的刺激感。然后在这种醉生梦死里面腐烂,彻底消失在黑夜中。

霓虹闪烁,我不知道已经是第几次迷失在这种孤独与空虚中,寻找一家酒吧,感受着得过且过的生活,原来我也可以堕落得那么潇洒,像一条狗一样的狼狈,失落地在这座城市边缘徘徊。

不过,她永远也看不到了不是吗?

我的生活也和她无关。

每天早上我都在格调相同的床上醒来,接着想起我家哈士奇在房间等了我一晚上,再一次狼狈地踏上了车,去把它喂饱。

有时候,我觉得狗都比我幸福,至少无忧无虑。

黑夜,我似乎感觉到了死亡的可怕,浑身颤抖,在烟雾弥漫的房间里面寻找那一座毁灭的心中之城,我忽然发现自己像一个流浪者,居无定所。流浪在路途中,生活在路人诧异的眼光下,得过且过。

2

那叫爱情的东西，真的是毒药，将身体弄得残破不堪，却也像毒品，让人欲罢不能，然后渐渐麻木，就好像手里的烟，抽了一根又一根，让我在烟雾中慰藉自己心里的空虚和孤独。

我们都是这个城市的旅人，迷失在钢筋水泥中。

城市把所有人压扁了，他们需要释放，爱情也不再是最纯洁的东西，在那一刻，我真的傻得像一个孩子，信了那所谓青春的爱情，纯真的信仰。

只适合怀念，不适合永远。

我再一次迷失在了黑夜中，万家灯火没有一盏为我点亮。我拖着已经疲倦的身体走进了酒吧，再次喝上一口深海里的星辰，感受那来自深海的爱。

深海里的星辰在灯光的照耀下，散发出银白色的光芒，配合酒吧昏暗的光线，美丽得无与伦比，这也是我深爱这杯浓酒的原因。于是我再一次把自己灌醉，我痛苦地捂着小腹，蹲在厕所里面呕吐，只感觉到自己脑袋愈加昏沉。

在我真正丧失意识之前，一双柔软的手从背后揽住了我，费尽力量将我拖进了房间，温柔的香水味传入我的鼻息，这是我第一次闻到如此温柔的味道。

"醒醒，喝点姜汤吧。"一个陌生但却能给我安全感的声音在我耳边响起。五月天气不算很热，夜晚也有些凉意，我的耳边感受着她哈出来的热气，一双手就紧紧拉住了她。

"别走，别走，别离开我，黑夜太可怕，我好冷。"说完这句话之后，我彻底地丧失了自己的意识。

3

第二天清晨,我揉着自己的太阳穴,脑袋疼得好像被锤子抡了一下,摇摇晃晃地走进卫生间用凉水洗了一下,这才清醒了许多。

同时也想起来,昨天晚上我喝得酩酊大醉,似乎有一双温柔的手抱住了我,将我带到了这里。

"什么情况?"我到现在也没有弄明白关于昨天发生的一切,一点印象也没有。

就在我穿好衣服打算离开的时候,门口忽然传来了开门声。

走进来的女孩看到我微微一愣,随即脸色羞红,手里抓着便利袋。

她很阳光,这是给我的第一感觉,袖长柳叶眉,双眼皮的大眼睛,鼻子很精美清秀,樱桃小嘴涂着粉红色的口红,脑后扎着马尾辫。

"你醒啦?"我们对视了一分多钟,才从刚才的尴尬中醒悟过来,她用甜美的声音打破了我们之间沉默的气氛。

"嗯,醒了。"我愣愣地点了点头,脑子有些短路,难道昨天晚上就是她?

"我买了一点早饭,一起吃吧,昨天晚上你喝得太醉,喝点粥会好一点,下次别喝那么多了,对身体不好。"女孩很是自然地从我身边走过,把便利袋放在了我身后的桌子上,接着把我拉了过去。我这才发现,她好像只比我矮了一点。

"昨天晚上把我弄回房间的就是你? 我们后来……"我脑子有些转不过来地指着床,她为什么跟没事人一样地淡定,我好像干了一件不可饶恕的错事。

"是的。"女孩点了点头,很乖巧地给我递了一碗粥。

"靠。"在崩溃之前我听到她说她叫小桐。

4

"我们认识吗？你就……还那么淡定！"我到现在也没有缓过神来，一切发生得太突然、太奇幻，简直像故事一样。

"这个能不回答吗？有一天你会知道的，而我现在辞职了，想要跟着你踏上孤独的旅程。"小桐一把拉住我的手。后来她告诉我爱上我是因为我的故事，爱上了故事里的一句话。

我看着她的手，发现她的手指很修长，是弹钢琴的料。

"你会弹吉他？"我看着她的手问道，玩乐器的人手指会很明显地分开，而且指关节特别明显。

"会一点，不过我还是钢琴弹得比较好。我在深圳打拼了三年，看过了无数男人，但唯独你比较特殊，我可是关注了你十几天呢。"小桐俏皮地说道。

听完这话，我对她的年龄又起了疑心，后来她拿出了自己的身份证，的确是十八岁，那么就是十五岁在深圳打拼了，那时候的我刚好开始写小说。

"你关注我干啥？"我下意识地摸了一把自己的胡茬，然后拿着已经关机的手机看了一下，还挺帅的。

"因为你帅啊，哈哈，赶紧吃吧，等会上去弹吉他给我听。"小桐反客为主地说道。我此时才发现，自己一直被她拉着走，而且没有任何的脾气。

扒拉了两下稀饭，一口喝完之后，我才重新打开手机，除了群消息，没有其他消息。

那一刻，我感觉自己好像被这个世界抛弃了，像个孤儿一般，而眼前这个身上散发出温柔香味的甜美女神，就是我在这个世界上最后的依靠。

　　一杯深海里的星辰，是我曾经年少轻狂的骄傲，是我知世事冷暖之后的沉淀，喝得苦涩麻木，流着热泪感受酒精进入血液，那一瞬间的冷漠，顺着血液植入骨髓。

　　小桐整理了一下，拿着剪刀把白色床单上面的"梅花"剪了下来，如同宝贝一般珍藏在了口袋里面。

5

　　小桐坐在酒吧的最角落，我抱着吉他穿着皮衣在台上尽情地嘶吼，十几天的麻木，酒精刺激着我的喉咙，竟然有一种沙哑的感觉，连续唱了五六首歌之后，我才感觉到疲倦，而小桐则是像孩子一般鼓掌，那一瞬间，我多希望时间静止，定格在那一刻。

　　"帅呆了，好棒棒。"小桐拉着我的手，直接给了我一个吻，我苦笑了一下，眼前却浮现了另一个明媚如春风的女孩，那明媚的眼睛，平静如水，却笑得可人美丽。

　　"唔……"我一把揽住小桐的腰肢，毫不犹豫地贴着她的樱桃小嘴亲下去，索取着，感受着唇间传来的温度，甘甜，我旁若无人地捧着她的脸，眼前却是蒙眬出现另外一个人的脸，我不知道对小桐是不是公平。

　　她生涩地回应着我，气息急促，双手也紧紧地抱着我，不肯松开。

　　许久之后，她目光迷离地看着我，紧紧靠在我的怀里。

　　时光再一次静止，我是一个理想主义者，那一刻，仿佛就是我这些年追求的生活，平静却最刻骨铭心。

　　周围响起了热烈的掌声，她很不好意思地在我怀里扭捏。

　　我拉着她的手，拿着话筒朝着舞台中央走去，灯光也很主动地打在了我们的身上，刹那间，世界就是我们的，只属于我们两个人。

　　"《关键词》。"我拿着话筒，她很快带着节奏，整个舞台就只剩下我们两个人。

"落叶的位置,谱出一首诗,时间在消逝,我们的故事开始,这是第一次让我见识爱情可以慷慨又自私,你是我的关键词。"我抓着话筒来到她的身后,抚摸着她的秀发,原来她的头发那么长。

6

或许我们会对爱情失望,或许我们会对生活失望,或许我们会折磨自己,或许会一个人流浪,但请别放弃整个世界,岁月中总有一个人会走入你的生活,拉着你的手说,你是我的关键词。

爱情很美好,只不过没有在对的时间遇到对的人。

爱上一个人很容易,不爱一个人也很容易,都只是刹那间的感情,但忘掉一个人却要一辈子。瞧!多么不公平,可你还是撞破头去爱。

原来我也可以爱得疯狂、爱得执着,然后在时光中静静等候着守护我的那个人。

那么久,终于轮到你守护我了。

唱完了《关键词》,我继续选择了薛之谦的《你还要我怎样》和《绅士》。

我想告别那一段伤我最深的感情,哪怕我曾经如此努力地付出,终究敌不过一句"我累了"。

或许我没有想象中那么爱她,可我曾经付出了全部。

像歌词里写的一样,我陪你走的路你不能忘,因为那是我最快乐的时光。

对啊,和她在一起,是我曾经最快乐的时光。

"我能摸你的头发只是简单的试探啊,我能给你个拥抱像以前一样可以吗?也或者是你能给我只左手牵你到马路那头吗?你就当刚认识的绅士,闹了一个笑话吧。"

　　这两首歌是我唱哭的两首歌,相比《天空之城》,里面的歌词更加撕心裂肺,更加打动我,当我下台的时候,已经泪流满面,可我也该庆幸,如果没有她给我的刻骨铭心的伤痛,我不会远走他乡,踏上一条不会有终点的旅程。

　　我承认我忘不掉她,可她也会遇到更好的。或许吧,我们两个人的生命轨迹也会永远平行,不再交融。

　　我不相信一见钟情,却也最相信一见钟情。因为喜欢就别错过,可能是一辈子。

　　那是成长,我们总是在受伤中长大,接着走向更加广阔的世界,然后在转身告别的一瞬间,泪流满脸,哭得像个孩子。

　　我不坚强,还喜欢折磨自己,不过幸好终于遇到了生命里守护我的那个人。

7

　　我依旧坐在酒吧角落的沙发上,喝着调制的深海里的星辰,不过此时的味道和之前麻木的感觉,截然不同。

　　一片蔚蓝色的大海,我孤独地行走在海边,无数星辰挂在天空中照亮前行的道路,但始终有一颗最亮的星星守护着我。那一刻,在伤得满目疮痍的心脏上面,我第一次感觉到了温暖,那一种被守护的感觉,是我想要的安全感,于是我笑着笑着噙满了泪水。

　　我一直都很懦弱,哭得像一个孩子。

　　愿你我的感情如这一杯深海里的星辰,广阔无边,爱得热烈,也如那闪耀星辰,明媚耀眼。

　　我离开了深圳,带着小桐。

　　我不知道用什么身份面对她,我相信一见钟情,可那只是喜欢,无法占据我心里面最重要的那个位置。

　　我继续北上,也终于等到了出书的那一刻,我决定回到故乡,在紫藤小姐十九岁生日之际,送她一个迟到的成年礼物,在那段用手指就可以掰算出来的时间里,至少我揪心了。

　　"我回到故乡送她一份礼物,我就可以彻底放下了,只要能看到她幸福就好了,只要有一个人能够代替我守护她,能够将她的心保护好就够了。"我笑得惨然,只是说说。放下要一辈子,多么沉重,我始终不明白,哪怕怀里依靠着一个人,也不明白。

　　我很快联系了校方,告诉紫藤小姐举办活动的时间。

　　五月二十四日,签售如期举行,在那个我曾经拉着她的手,和她嬉笑打闹过的紫藤花架边上,工作人员在打理现场,距离中午休息时间还有一个多小时。

　　我来到她班级的窗外,就这样静静地看着她,时间流逝我也浑然不知,我想把她的样子深刻在心里面,然后淡忘,哪怕她将永远在我内心深处撕扯,我也知道一切回不去了。

8

　　我静静地看着她,她快高考了,而今天是她的生日。

　　"好久不见。"我站在她的面前,黑色西装红色领带,像一位绅士,脸上带着平静的笑容,我努力让自己冷静,别失态,否则她会更加讨厌我。

　　我不知道紫藤小姐过得幸福不幸福,她没有太大的变化,而我却饱经沧桑,整个人狼狈了许多。

　　她冷漠地看了我一眼,随即与我擦肩而过,那一刻,我的心脏再一次被撕裂,很痛。

　　"等一下,我想请你中午参加签售会,这是你的十八岁礼物,我曾经答应过你的。"我拉着她的手,依旧肉乎乎的,也温暖了许多。

她转头瞪了我一眼,我很快松开了她,却不知小桐已经来到了我的身后。

"真的放不下吗?"小桐轻声问道。

"再见到她的一刻,我再次被撕裂了。"我没有了笑容,静静地看着紫藤小姐熟悉的走路方式,离开的背影。

回到了现场,所有的一切都准备好了,时间也在等待中飞逝。

在校方的提前预热之下,活动还没有开始,就已经围满了学生,而我的目光却始终在人群中搜索她。

我相信,她肯定会来的,这段感情,迟早有一天会有一个结果的,哪怕她曾经放下得那么轻松。

我调整吉他的弦,直接用播音器播放着《你还要我怎样》《绅士》。

我希望她明白,我曾经可以为她放弃整个世界,现在我依旧爱她,却也热爱整个世界。

沙哑的歌声不断从话筒里面传出,唱到撕心裂肺的时候,我的眼角不自觉地湿润了。

9

这辈子我心里藏着两个人,紫藤小姐、小桐。最后紫藤小姐只能怀念,现在陪我的是小桐。感情永远是讽刺的,你可以花心,暧昧成瘾,但爱的时候,请爱得深沉。

"欢迎大家参加这次签售会,我是懒虫漠然,这本《赠与你全世界》是我写给台下一位女孩的,我叫她紫藤小姐,今天是五月二十四日,是她的生日,我想给她一份完美的生日礼物,我曾经为你放弃这个世界,如今为你热爱这个世界,你一直是我的世界,是我的信仰。"

我顿了顿,终于在人海中找到了她的身影,边上是她的好闺密,我笑了笑,宣布签售会正式开始。

　　一个个文字都是我爱她的记号,是我曾经泪流满面雕刻出来的,此时它们将全部化作云烟,随着一条溪流流向大海,我也终将放下。

　　签售会的现场很是火热,我忙得热火朝天,到处签名,我和她再一次对视,我坐着,她站着,目光如水般平静,阳光照耀之下,我盯着她明媚的眼睛,久久没有说话。

　　"好久不见,过得好吗?"我咧嘴笑了笑,那一刻,我承认自己放下了,但忘不了,这要用一辈子,哪怕多年以后我可能会忘记她的样子,可我记得曾经有一个人在我的青春打马走过,让我爱她的整个世界。

10

　　"过来聊一下吧。"她沉默了许久,我看得出她的变化,成熟了许多,我不知道我离开的一年多时间里她过得怎么样,有没有新的人爱她,接住她的心,不过这已经与我无关了。

　　"聊什么?"我歪着脑袋笑着,和当年看到她笑起来的样子一样,这是我永远改不了的习惯。

　　两个人就这样沉默着,她没有直视我,微低着头,目光躲闪,最后停在了我的手指上面,那上面有一条伤疤。

　　"曾经我找你解释,你不给我机会,不想见我,后来我远走他乡以为可以不去想你,但我做不到,我度日如年地煎熬着自己,原来爱上一个人很容易,放下一个人真的很痛苦,我不知道喝了多少酒抽了多少烟,不过我还庆幸,能够拖着这具残缺的身体回来再看你一眼。过了那么久,我想你应该放下了对我的芥蒂,我没有那么讨厌,很多时候都是我们不太成熟。想想以前,其实感情是靠两个人经营的,而我们就只有我一个人在努力,输了也无可厚非。

　　"跟刚才说的一样,在曾经爱你的日子,我放弃了整个世界,满脑子都是和你的未来。我承认我离开学校是莽撞了,可你一句我累了,从那以后每天都在撕裂我,那么痛苦,像被大火灼烧,逃不掉。

"或许你不理解,对你这个傻瓜应该说得简单点,当年如果你再坚持一会,我们应该会很好,我的人生轨迹也不会改变,谢谢你曾经给我的刻骨铭心,希望我们当初所发生的误会可以释怀。

"我知道,人与人之间的信任破坏了就很难重新修复建立,更何况你是双子座。不过我不后悔,青春总有那么几次犯傻然后把自己爱的人推走,痛苦了才叫成长不是吗?

"所以啊,感谢你打马从我生命路过,《赠与你全世界》这本书是我的全世界,当初没有给你的,现在补给你,十八岁成年生日快乐。

"同样在后来我才明白,那时候的感情不叫爱情,只是双方在对方的生活里出现过、交融过,最后离开了而已,隔着屏幕的分手,是我们做过最可笑的一件事。我想如果当时约你出来,和你对视几秒,一个眼神、一个拥抱、一句欲言又止的别走,就不会错过对方了。

"所以啊,以后请别隔着屏幕说分手,爱情的模样只有跨过手机才看得到,那时候就不会舍得对方离开了。"

11

我笑得很开心,这些话埋在我心里很久很久,每天晚上我都会编辑一遍,然后看着她把我拉黑的窗口,一遍一遍发送,一遍一遍提示发送失败,多么可笑的一件事情,但我一直乐此不疲。

我转身离开,转身的瞬间,眼角闪着泪花,却依旧笑得灿烂,这段感情,终有一天回归岁月。

原来我也可以那么潇洒,走得骄傲。

我不知道紫藤小姐怎么想,哪怕我再一次自以为是,那也与我无关了,我想自己坚持了那么久,终于可以结束了。

签售会进行得热火朝天,带着青春激情,我送给她的那本书里面,早已经准备好了另外一件东西,一封写给她的信,写得很长很认真,和她在一起的每一个日子,我都觉得值得纪念。

太阳很大,我眯着眼睛看着天,回答着学弟学妹一个个的问题,原来有那么一刻,我也可以受万众瞩目,做自己的王者,这种感觉真的很美妙。

忙碌了一中午,西装衬衫早已经被汗水打湿,小桐一直陪在我身边。那时候,放下的感觉很轻松,曾经背负着整个世界,如今只要背负着一个人的责任。

"欢迎大家来参加我的个人签售会,今天我很开心,同时签售收入的百分之十将会捐赠给慈善基金会,这是我们每一个人的爱心,感谢你们!"我深深地鞠躬,那一刻,我也感受到了自己的成长。

曾经的稚嫩,不爱惜自己的身体;现在的成熟,能够微笑面对一切。这是长大,是一种无与伦比的自豪的感觉,阳光正暖,世界很美好。

坐上了吉普车,哈士奇跳到了小桐的怀里,那一刻真的很幸福,年少追逐的梦想,平凡而又热烈的生活,不断出现在时光中。

12

时间很长,背上行囊行走异地他乡,从开始的毛躁到淡然自若,一车一人一狗便是一生,俗世繁华在那一刻也被抛之脑后。

车子缓缓地开出了校园,身后是我应当一生祭奠的青春,前面是我向往的未来,窗边飞逝的是我这些年淡淡的忧伤和宁静的喜悦。一切,都随着那一刻飘散在风里,消失在岁月里。

"轻松。"我嘴角上扬,看着身边的小桐,不算倾国倾城的容颜,却是心里面最美的那个人。

其实不用那一份计划书也可以,不是吗?一直行走在路上,今天在这里，明天不知道在哪个世界角落。世界是自己的，活得快乐才是最大的资本，不必拘泥于那一纸计划书。

离开了，车子不知奔向哪里。

不过终会停留。

我想如果我的爱像天上的太阳那般热烈，有一天也会燃烧殆尽，不过那也值得，因为我爱的那个人就是陪在我身边的月亮，没有了我，她也会失去光明。我也希望自己的爱像大海，包住她这颗耀眼的星辰，想要夺走她，就要翻山越岭飞过整片大海。

她会是我那片蔚蓝色大海中的星辰，深埋于深海里，我只做那个守护者，用炽热的爱守护她，而她只要接受我的爱。

"你看，流星。"我把车停在了公路上，不知起点，不知尽头。

"很美啊，不过只是一瞬间。"小桐笑着许了一个愿，等她睁开眼睛的时候，天空恢复了平静，稀松的星星挂在天上，却有一颗最耀眼，好像我身边的她。

"或许不只是深海里的星辰，还有夜空中最亮的那颗星。"我抓着她的手，很温暖，有一种很安心的感觉。

我捏着她的下巴，目光流转，轻轻地贴了上去，微风吹过，吹起了我年少轻狂的骄傲，玩世不恭的潇洒，我爱她身后的整个世界。

你问我有多爱你，

我说送给你一个世界能证明吗？

后来你抱着我说，

我只要你，

因为你是我的全世界。

Chapter 7

面朝大海，
春暖花开

愿你有一个灿烂的前程，
愿你有情人终成眷属，
愿你在尘世获得幸福。
我只愿面朝大海，春暖花开。

1

海浪拍打在沙滩的礁石上,我迎着海风,夜色很美,天上星星点点,沙滩边上的梧桐树迎着风摇晃。熊熊燃烧的篝火在海风的吹拂下耀眼无比,一群人围绕在篝火旁边,一位流浪歌手唱着歌,身边是一群衣衫破烂的流浪者。

画风很奇特,我静静地站在篝火旁,感受这个有些凉飕飕夜晚中的温暖。

好几首歌过去之后,流浪歌手停了下来,看着我微笑了一下,示意我坐下。

"你好,你也是流浪歌手吗?"他的声音听起来很温暖,给人一种置身春日的感觉,我听了他刚才唱的几首歌,一首《理想》,一首《平凡之路》,一首《人海》,一首《理想三句》,民谣让人记住的往往是那些动人的歌词,唱歌的人有一种平凡而又不甘的性格,很吸引人。

"我算是流浪者,不算是歌手。"我笑着接过了他递给我的一支香烟,曾经年少轻狂的标志,为了未来奔向自己的理想之地,路上少不了孤独,而烟草是最好的伙伴。

"弹一首,我刚才看你很入迷,我弹得不算好。"民谣歌手包括流浪歌手很明显的一个特征就是他们很大方,民谣就是共同话题,于是总能聊到一块去,甚至成为朋友,这也是我喜欢民谣的一个原因,不做作,很真实。

"入迷不代表会唱啊,我只是喜欢民谣而已。"我笑着接过了他的吉他,拨了一下琴弦,开始弹奏起来,我选了一首《人海》。

篝火燃烧得很旺,刚才跳舞的流浪者围在了一起,看着我演奏,我笑着开始唱起来,或许是捧场,或许是真的好听,他们纷纷鼓掌。

"遇见了就不说值得,不值得,擦肩后就成全彼此做过客,沧桑中独自向前行说要好好活……"

最后用一个环音结束了整首歌的演唱,掌声更加热烈了,小桐也坐在身边很捧场。

"你叫什么名字,我叫温颜。"流浪歌手伸出自己修长的手跟我握了一下,我也报了自己的名字,这才攀谈起来。

聊了才知道,这些流浪者都是他曾经落魄于桥洞之下认识的,后来他留了下来,跟着他们一起流浪。在这座滨海城市,很少能够看到流浪者,这群社会底层的人,身上折射出的是人性。

2

流浪者生性自卑,但如果走进他们,给他们久违的安全感,你也会发现他们其实挺好的,只不过被生活磨灭了自己曾经的骄傲、理想,变得得过且过、自甘堕落。这个世界上没有贵贱之分,流浪者也不是注定该流浪,他们只是缺少生活的勇气。

我发现人群中有一个人一直低着头很害怕的样子,似乎是感觉到我灼热的目光,她很羞涩地抬了一下头但很快又低了下去。

"她叫木子,十九岁,不会说话,在这里流浪三年了,我问什么都只会摇头点头。其他人告诉我,木子父母在三年前出了车祸,后来她无处可去,就被这群人收养了,一直到现在。"温颜开口说道,同时向木子招手。

"木子,你给这个哥哥弹奏一首你学的小星星。"温颜也在这里流浪了半年,过得很快乐,他曾经的理想就是做一位歌手,但生活总是那么无情,他不断地被打击,于是渐渐失去了信心和希望,且行且唱地流浪着,在这俗世中寻找属于自己的快乐。

木子犹豫了一下,接过了我手里的吉他,我看着她的眼睛,很清纯,很明亮,很有生机。

熟悉的节奏响了起来，但是有些生涩，中间弹错了好几次，但看到温颜鼓励的目光之后，她就咬着嘴唇继续弹。

最后我们给予了很热烈的掌声，其实她并不是哑巴，只是三年前发生的车祸，让她失去了说话的欲望，一瞬间的冲击，让她的整个世界崩塌了。

3

篝火渐渐小了，他们也陆续离开了，留下温颜一个人在海边，继续弹唱着，我坐在他身边，小桐买来了啤酒。

我拉开一罐递给他，顺着海风的声音，我们面朝着大海，却见不到春暖花开。

"你多大了？"我拿出了自己的吉他，漫无目的地弹奏着。

"二十一，行走流浪三年了，十八岁义无反顾地离开家乡开始唱歌，很多人支持但收不到成效，得过且过地生活着，寻找着生活中的快乐。"他说着，猛灌下一口啤酒，任凭啤酒顺着嘴角流下来。我很理解那种生活的无奈，怀才不遇的痛苦，千里马无伯乐识的愤懑，于是在生活的不断打击下，放下了自己的梦想。

"我比你小一点，二十岁。也流浪了一年多，不过我过得挺好，写作的收入支撑着我前行，我把路上看到的一个个感人的故事记录下来。我想让自己活在旅途中，平凡却又充满激情，寻找最完美的心中之城，我叫它旧城以西的方向。"我喝着啤酒，小桐感觉有些冷了，我将衣服递给她，她却倔强地拒绝了。

"你比我好啊，还有收入，我居无定所没有收入，依靠别人的救助生活，不敢回家，不敢面对亲人，很无助也很无力，现实中那种沉重的压迫感让我难以喘气。"温颜叹息了一声，跟着我的节奏开始唱起来，我们三个人此时就好像被世间抛弃的流浪者，在逃避着现实，在钢筋水泥混凝土构建的城市里,迷失了方向,看不到未来。

"你知道我最向往的是什么吗？是那海面上的岛屿,远离俗世,然后每天能够看到初升的太阳,和自己爱的人携手余生。"温颜淡淡地笑着,目光深邃。

但我从他身上看到了一个懦弱的影子,那种面朝大海春暖花开的逃避心理,他在逃避这个俗世给他带来的压力,寻找理想之地,但始终是要面对的,哪怕逃到了天涯海角,也要归来。

就在我们聊着的时候,木子忽然从身后走过来,将厚厚的衣服披在了温颜的身上。借着不算明亮的光线,我终于看清了木子的脸,算不上精致,但很耐看,柔嫩肮脏的手显得很无助,风吹过她凌乱的长发,但双眼依旧明亮。

"木子,他们是好人,愿意说话吗？"温颜忽然说道,我嘴角上扬,心里也很快明白,她只是不敢说话,将自己所有的想法深埋在心里面,宁愿装一个哑巴。

"哥哥……"木子最后羞涩地看着温颜,声音很细腻,应该是一个唱歌的好手,刚才弹得小星星如果加上歌词的话,就更好了。

"愿意唱一首歌吗？看你吉他弹得不错,唱歌肯定也很好听。"我把吉他递给她,她有些踌躇,捏着自己的衣角,似乎是怕自己的手弄脏了我的吉他。

"喏,拿去吧。"我笑了笑将吉他塞在了她的手里,猝不及防的她再次把目光投向了温颜。

那种无助和依赖,那种害怕却又跃跃欲试的目光深深地印在了我的心里面,她是折了翅膀的天使,终有一天会重新绽放出自己的光彩。

"弹一首《全部都给你》,我给你伴音。"温颜摸了摸木子的头发,海风不断地吹着,像是驱赶,也像是欢呼,我不明白,但此时的我们的确是被抛弃了。

"我把全部都给你,不留一点余地,就算孤独寂寞伤心,也是刚好而已……"木子温柔甜腻的声音冲击着我们的内心,仿佛一弯温热的泉水冲击着来自俗世的风尘狼狈,洗礼着内心的焦躁不安,在那一刻变得温柔安静了起来。

"很棒,弹得很好听,唱得更加好听,小桐,我们是不是可以推荐她去唱歌了?"我哈哈大笑起来。木子很害涩地躲在温颜的身后,那一刻的岁月静好,让我羡慕。

4

我问温颜如果让木子去参加比赛成为歌手可以吗。三年前的事故一直是木子的阻碍,如果能够把心结打开,去接受这个世界,或许就可以不再这样漫无目地逃避下去。

但温颜毫不犹豫地拒绝了我,很果断,很决绝,他告诉我他会养木子一辈子。我就知道他爱上了这个女孩,哪怕他主观上不承认,但心里面,他是要守护这个女孩子一辈子的。

流浪歌手为了追梦放下一切,擦过,刮过,走过,最后成了逃避的理由,生活太艰难、太狼狈,想要过得快乐,想要寻找海洋上的那一座岛屿,离开那自己厌恶的世界。

"你这是要跟着她一起逃避吗? 面朝大海春暖花开,海子的诗你肯定不陌生吧。木子三年前失去了自己的父母,整个世界都坍塌了。她遇到你之后再次看到了希望,你让她那颗极度缺乏安全感的心再次泛起了希望,你是她在这个世界的希望。但你要做的不只是保护好她、爱她,更重要的是帮她打开心门,让她彻底走出来。逃得了一时,逃不了一世。而且以你的能力,你能给她什么? 一切都逃不开现实两个字,哪怕我在外面流浪,带着哈士奇带着小桐,也需要自己的经济基础。流浪没错,追逐梦想没错,但请别忘记让自己活得快乐,不要那么狼狈。"

说这些话的时候,我整个人都很激动,那叫梦想的东西,终究要建立在现实之上,这是没办法逃开的事实,想要让自己的梦想养活自己,就得先把自己追求的梦想养活了。生活不应该那么矫情,而是要勇敢面对,哪怕生活多么困苦,也会有努力付出、不放弃的人,或许付出的比拥有的更多,却值得,那是一生中最珍贵的宝物。

温颜沉默了,一根烟接着一根烟抽着。我想他在思考,为了木子的未来,他不得不做出选择。

"你说的没错,逃得了一时逃不了一世,我始终要面对,我始终要有能力保护她一辈子。"温颜说着说着,忽然尴尬地笑了笑。

"我身上没钱,能不能借我一点,我给她打扮打扮,然后报名比赛。"

我摇了摇头,拿出了一张卡,里面有两千块钱,应该够他们使用了,然后又跟朋友打了个电话。

"这是比赛的报名表,你们抓紧弄一下,后天比赛。"这次比赛的评委是朴泊,当然我并没有开后门,只是要了报名用的东西,他还以为是我想要参加比赛,反问我不是不公开演唱吗。

我无奈地告诉他不公开演唱没错,这是我帮朋友的,才打消了他的疑问。

"谢谢,我这就带她去,那个衣服能不能拜托小桐帮忙选一下。我就给她买过两次衣服,挺对不起她的。"温颜开始面对,需要那种面对生活的勇气,不只是他,木子更加需要那种勇气,但是温颜好起来木子才能好,此时的温颜是木子的整个世界。

"记得以后勇敢面对,你是木子的世界,你塌了她就真的毁了,所以别辜负她。给她一个世界的光明,给她一个世界的安全感,好好爱她。"我挥了挥手,鼓励他加油,一把吉他是流浪歌手的一生,一生守护是木子的整个世界,温颜应该好好爱她。

5

比赛如期进行,我坐在最前面的位置鼓励他,温颜选了《平凡之路》,赢得了热烈掌声。结束之后,则是木子的表演。在小桐的打扮下,她穿了一条白色的连衣裙,头发散在脑后,宛若天仙下凡,很是美丽,仿佛天使一般圣洁,美目流转,看向了台下的温颜。

"加油。"我们三个朝她鼓励道,朴泊也让她开始表演。

一首《一生的爱》,林俊杰的歌,刚一开口就震撼了全场,包括我,那声音真的是太完美了。

台下热烈的掌声响起,木子显得很紧张,紧闭着眼睛唱得很谨慎,但越到后面越吸引人,全场安静下来静静享受着木子温柔甜美的声音,那种如同天籁一般的声音,仿佛来自另外一个世界。

木子完整地唱完了整首歌,是海选里面唯一一个唱完的人,哪怕是温颜也只唱了一半,不过入围了就好了。

根本不用多说话,三盏灯全部亮了起来,朴泊直接伸出了橄榄枝,询问木子是否想要签到他的名下,我当然知道朴泊这是要帮她,我只是笑了笑,身边的温颜却是看向了我。

"签,不过你要问她,问木子愿不愿意。"我笑着回答,台上的木子也做出了回答,告诉朴泊如果她哥哥愿意,那么她也愿意。

我无奈地摇头,这让朴泊不好做,不过这件事我并没有插手,看样子应该可以,木子的歌声得到了全部观众的认可。

"你告诉我你哥哥是谁,我们商量一下。"朴泊毫不犹豫地应了下来。我扯着嘴角,太心急了吧,而且似乎完全无视了身边的另外两位指导老师,她们也是音乐界很有水准的老师。

温颜毫无意外地被扯上了台,他也很显眼,是这个舞台上唯一一个通过海选的流浪歌手,所以评委都记得他。

"可以的,小妹妹,你叫木子是吧?等会节目结束了我们私下交流交流。"朴泊笑着说道,身边的两位评委只是摇了摇头没有说话,可能是没办法和朴泊抢人。

虽然和他很少联系,但我知道朴泊很火,一首民谣火了大江南北,让自己的生命彻底在这个时代里面绽放。我们追逐的梦想,何尝不是要绽放自己的生命,让所有的目标都实现,所以我想他是做到了。

结束之后,我在后台看到了朴泊,和他来了一个久违的拥抱。

6

"七哥你也不告诉我这人是你朋友,不然我就可以很快敲定了。"朴泊笑着说道,不过他是很明白我的,我不可能走后门,所以到现在他才弄明白我之前要报名表的原因。

"你了解我不走后门,想要火必须拿出自己的实力,所以他们的实力够吗?"我拍着温颜的肩膀问道。

"当然够了,完全震撼到了我,特别是木子,唱得太棒了,我要签她当艺人,温颜也可以,而且他们是兄妹吧,简直是太强了。"朴泊哈哈一笑,让自己的经纪人拿出了合同,我这才发现,那个站在后面的就是团子。

"哎,什么情况?"我惊讶地看着他们。

"我不是跟你说过吗,为了不让团子担心我,我一直带着团子走南闯北,孩子让我爸妈带,他们现在住一起,挺好的。"

时隔那么久,再次看到朴泊时,他真的成熟了很多,不再是以前那个倔强得仗着自己脾气生活的人了。很多时候生活对你的折磨不是让你痛苦,而是要让你懂得成熟,在这种痛苦中明白成长的意义。

"对,好久不见啊。"我和团子拥抱了一下,那是一种久违的温暖。

重聚的时光总是短暂,我们简单聊了两句,合同敲定之后,朴泊便离开了。

其实那一刻我的心情很沉重,既然注定了要分别,那又何必重聚,不过不分别的话,又怎么能重逢?于是我在这种矛盾中渐渐明白了,一生就只有两个过程:相遇、分别。哪怕到了最后,自己也成了那个离开的人。

回到桥洞里面,温颜和木子很不舍地和大家告别。流浪的日子是短暂的,但每一天都是刻骨铭心的,看不到梦想的希望却时刻感受着来自社会底层的那群人带来的温暖,很多时候我们换一个角度看这个时代,就会不一样。

7

"今天跟他们开心一晚上,明天就可以离开了"。篝火点燃,昏暗且吹着冷风的桥洞瞬间温暖起来,吉他弹奏,木子和小桐在唱歌,我和温颜弹奏,在嘻嘻哈哈的打闹笑声中,气氛渐渐沉闷下去,时间的流逝代表着我们相聚的时间越来越短。

回头看一看原来我走过了那么多的地方,看过了那么多的爱情,但离开每一个地方都有各自的遗憾,不过好在我当时没有回头,没有留恋某一种生活,于是渐渐习惯了这种分别。

篝火灭了,在发动机的轰鸣声中,我带着温颜、木子离开了这里,住进了温暖的酒店,签了合同,他们明天就要起飞去北京找朴泊。

到了酒店,小桐去柜台拿了房卡之后,就走上了楼梯,整个气氛很是神秘,我强忍着心里的兴奋,想要看看这一个惊喜,究竟如何。

在"咔嚓"一声中,我们打开了房间的门,整个房间瞬间充斥着一股暖流,布满了玫瑰花,中间点燃着蜡烛,最显眼的地方写着"木子我爱你"。

木子已经震惊了,眼里充满着疑惑和震惊,小桐扶着她,而我已经走了进去,打开了另外的灯。

"温颜,走你!别让兄弟失望!"我拍了拍温颜的肩膀,只见他从口袋里拿出了刚才小桐递给他的盒子。

"木子,我和你认识了大半年,你是一个很单纯、善良、可爱的女孩子,我承认我喜欢你,太多的情话我也不会说。如果我想拉着你的手给你整个世界,陪伴你一辈子,给你一个完整的天空,你愿意做我的女朋友吗?"温颜说着,打开盒子,一枚精致的戒指出现在了大家眼前,在灯光的照耀下显得熠熠生辉,很美。

木子一直在发懵,直到小桐推她一下才反应过来,她的眼眶里面充满了泪水,那一刻温颜真正感动了她,让这颗沉寂了三年、孤独了三年、痛苦了三年、害怕了三年的心,彻底寻找到了寄托的港湾。

爱情的美丽之外在于两个人的真心,温颜逃避的那个美好世界何尝不是我们所有人都向往的?但想要追逐就需要那一份勇气,爱情也是。木子也逃避了三年,此时能够遇到一个人愿意打开她的心门告诉她我想守护你,何尝不是生命里最美好的事情?

木子伸出了自己的手,当那一枚戒指戴在了她修长柔嫩的手指上的时候,我知道她愿意把自己的一生托付给眼前这个男人。

"别辜负她,勇敢一点,男人身上的那一份责任担当应该更加沉重了。"他们两个紧紧地拥抱在一起,我和小桐很识趣地离开了房间,给他们一个独处沟通感情的机会。我想木子也喜欢着温颜,但她认为自己是灰姑娘,当温颜表白求爱的时候,灰姑娘披上了美丽的白裙成了天使,她身后的翅膀也由温颜守护。

8

被爱滋润的木子真正感受到了春天的温暖,沉寂三年的心门,最终为眼前的这个男人打开。

　　最后分别的时候，我们坐在沙滩上再次唱了一首歌，我们唱得开心却也失落，看着海面上映射下来的阳光，那一刻岁月静好，真的面朝大海春暖花开。

　　我慢慢地，慢慢地往后退，修长瘦弱的身体在夕阳的余晖下显得更加单薄，我挥了挥手朝他告别，这是离开的信号，不舍却也值得，我们的青春在骄傲的生命里，彻底地绽放该有的光彩。

　　我不知道他们未来能否过得好，但这一刻的幸福是真的，温颜拥有了梦想的平凡生活，木子就是他的一切。我们生命里总会遇到一个理解自己、愿意陪伴自己的人，用自己温暖的平凡感动他们，就会得到想要的吗？

　　终于，我坐上了车离开了这片沙滩，离开了这个社会最底层的人流浪过的桥洞，离开了那个逃避现实最美好的地方。曾经我也逃避过，可最后还是要面对，我们要面对自己的成长，要面对自己的理想，要面对自己设想的未来。如果有一天想放弃了，请想想我们曾经付出的一切，生活很艰难，但也会有美好的时候。所以啊，要勇敢面对生活，你爱的人也会爱你。

Chapter 8

愿你的努力，
没有被辜负

你愿意随我去远方，
那我就给你整个世界的繁华。

1

想带上你私奔，

奔向最遥远城镇；

想带上你私奔，

去做最幸福的人。

——郑钧《私奔》

朴泊来北京已经三年了，十七岁那年，他毅然决然地选择离开学校，带着吉他追逐自己的梦想，成了茫茫"北漂"中的一员。

想起这个事我突然很想笑，讲实话，我自己曾经也打算去"北漂"，但仔细一想不对啊，我一没有颜值，二没有演技，只会写段子，"北漂"也漂不出什么花样，于是在父母的劝说下，我"上漂"去了。

十八岁，正值青春年华，刚上课就想着什么时候下课，脑子里面满是小卖部的零食和自己的未来，臆想着一些根本不可能发生的事情，希望自己拥有异能，希望自己能够家财万贯，希望自己不用坐在教室里面听着枯燥无聊的课程，当然，更多的还是希望有一个貌美如花的女朋友……

朴泊是我在球场认识的，他喜欢打篮球，也弹得一手好吉他，标准的文武全才。

听到这个消息，我目瞪口呆。

"你疯了吧，才在一起三个月，你就为她做出这种有病的决定？"我坐在操场上毫不犹豫地骂道，我真想不到世界上会有如此疯狂的喜欢，为了对方不顾一切，我不知道团子怎么想，但我觉得，朴泊绝对是疯了，而且程度比较严重。

不只是我，他们班的同学知道之后，也是大骂他疯了。

"我不知道,我只知道这个女孩值得我去守护,你知道她家里发生了什么吗?她父亲出车祸了,母亲因为着急突发脑溢血现在还躺在医院里面生死未卜,你让她一个女孩子怎么承受得住?更何况,还有如此高额的医药费。"朴泊第一次朝着我发怒,我看到他满是老茧的手上青筋暴跳。

"对不起……"很快,朴泊发现自己失态了,我也第一次看到平时温和的朴泊生气。

我只是拍了拍他的肩膀,没有再多说什么,青春的感情就好像吉他弹出来的音乐,听过鼓掌之后,便会忘记,不会砸琴断弦,也不会热泪盈眶。

晚上,我带着朴泊来到了一家叫作星空的酒吧,这间酒吧的大多数消费者是学生。我接过舞台上面吉他手递过来的吉他,朝他笑了笑。

2

我们两个到这里不是一次两次,所以互相认识。

"走吧,上去嘶吼释放一下也好。"我拍了拍朴泊的肩膀,我不知道他心里承受了多大的压力,才能顶着外界的不理解,我行我素地做选择。

或许吧,这是一种执念,认定了就不想去改变,就好像喜欢音乐一般,这是一种感觉,说不清道不明,却值得用生命去守护。

"《私奔》,音乐。"

对我来说这只是释放的渠道、工具罢了,但朴泊比我更爱音乐,更爱手里的吉他。

熟悉的音乐响了起来,我扫着手里的吉他。

朴泊的声音很沙哑,有一种岁月摩擦的痕迹,划入人心没有如沐春风的感觉，却让人愿意跟着他一起唱。

"在欲望的城市，你就是我最后的信仰，洁白如一道喜乐的光芒将我心照亮，不要再悲伤，我看到了希望，你是否还有勇气，随着我离去，想带上你私奔……"在唱到高潮的一瞬间，朴泊忽然情绪失控，整个人嘶吼着，释放着内心深埋的感情。我知道，他真的做出了选择，而且没有任何人能够改变他。

"啊！"他改了歌词，用自己的心在演唱，而下面的观众并没有发现朴泊的异常，气氛异常火爆，这种声音，冲击着他们白天的疲倦，情绪尽情释放着。

"嘭！"

唱完了这首歌，朴泊毫不犹豫地将自己的吉他举起来，狠狠地砸在了地面上，木屑漫天，价值上万的吉他，在一瞬间粉碎。

所有人都吓坏了，就连边上的经理也没有反应过来，我眼疾手快地把他拉到了外面。

"你怎么了？疯了吗？这是酒吧啊！"我紧紧搂着他。

朴泊将自己的双手插在头发里面，眼泪不断滚落下来。

夜幕黑得肆无忌惮，我不知道为了一个人砸掉了心爱的吉他，是一种什么感情。疯狂吗？我不知道。

后来，朴泊离开了学校，正如他自己选择的一般，为了这个女孩，他愿意付出一切。

团子家里欠的债务通过朴泊的帮助全部还清，打官司得到的钱，却被无情的亲戚瓜分了。单纯善良的团子，此时就好像一叶孤舟，漂泊在狂风暴雨的海面上，寻找不到方向，仿佛随时可能沉没。

"对不起，我来晚了。"朴泊紧紧地搂着团子，让这个从天堂跌落尘埃的仙子，第一次感受到了温暖，也让她原本绝望的心，看到了一丝丝希望。

"你不要离开我好不好，再也别离开我了。"团子在朴泊的怀里哭，哭得撕心裂肺。父母是团子的天,而天塌了,她还剩下什么,仿佛全世界都抛弃了她,那种极度缺乏安全感的感觉,让这个女孩毫不犹豫地爱上了朴泊。

3

朴泊的决定让他和家里断了一切关系,无处可逃的他没有告诉团子。

"我想去'北漂',带上团子私奔,像歌里唱的一样,带上她私奔,奔向最遥远城镇。"朴泊喝下了最后一口酒,将这沉默的气氛打破,我再次愣愣地看着他。

我第一次遇到能够为青春爱情如此坚定的一个人,哪怕是大学里面的爱情,也不过是暧昧成瘾,从不走心。从他们两个身上,我感觉到了什么叫真爱。

我没有再劝说,只是看着眼前这个男孩,黝黑的皮肤展现出他阳光的一面,仿佛天塌了,只要团子还在,他就会为她撑起来。

"去吧,如果你选择好了,就勇敢地去吧,带上她,寻找你的梦想。"我拍了拍他的肩膀,那一晚我们喝了很多,后来朴泊是被团子接走的,我甚至不知道自己是怎么回去的。

和家里闹掰之后,朴泊和团子租了一间出租屋之后生活在了一起,我旁敲侧击他有没有偷尝禁果,朴泊很是认真地摇了摇头,我才明白这个兄弟没看错,底线犹在。

第三天,朴泊大包小包地带着团子离开了这座城市,那天,送他们的只有我一个人。

我问团子:"你跟着朴泊后悔吗?"

"不后悔,这个为我撑起一片天的男孩,哪怕世界塌了,他也不会走。"团子笑得很开心、很天真,在她眼里,拥有了朴泊,就拥有了全世界。

"再见，后会有期。"我挥了挥手，在飞机的轰鸣声中他们离开了这个青春的城市，奔向了一段未知的旅程，而这一切，都需要用他们的青春作为代价。

到了北京，朴泊第一时间给我打了招呼。

"雾霾很大，感觉在吸毒。"

这是我认识的朴泊有生以来，第一次给我讲笑话，虽然很冷，但我还是笑了，为他们开心。

"去了新地方，好好生活吧，祝你们幸福，不过家里那边，你也要面对，记得成长，身后总有一片天。"我给朴泊回了一句话，不管他做出什么选择，我都不会评论什么，但别忘记，漂泊在外，你还有家。

"我知道了。"朴泊用这一句话结束了我们的聊天。

后来，我也重新开始了生活，朴泊好像是一个过客，渐渐消失在了我的生活里，而自那次之后，我们也断了联系。

再次联系是在一年后，快毕业的时候，而我也选择了离开学校，没有任何的理由。

"兄弟，我来北京了，接我吗？"我给一年多不联系的朴泊发了消息，很快他就回了一条消息："后海酒吧街，望海酒吧。"

4

我打车来到了望海酒吧，里面很是嘈杂，灯红酒绿，我第一次有些厌恶起酒吧的氛围，有些不适应。

舞池里面扭动腰肢的女人，西装革履的男人，在这个奢靡的环境里，释放着一天的疲倦，穿过残缺的肉体，寻找到真正释放灵魂的快感。这里，是这座大城市奢靡的地方。

我迅速找到朴泊，他并没有在演出，而是蹲在后台喝酒。

"怎么了?"我看到他狼狈的样子,看来这一年他在北京的生活并不如意。

"北漂"的人很多,他只不过是茫茫人海中的一个,酒吧里面的驻场歌手并没有稳定的收入,一天七八十块是平均收入,少的四五十,多的两三百,没办法保证平时的开支。

"团子之前发高烧,在医院住了五天,工作也丢了,身体也病坏了。"朴泊捏着吉他的手有些颤抖,我没有说借他钱,反而问了一个问题。

"你后悔吗?"

"不后悔。"朴泊回答得很坚定,没有任何犹豫。

我笑了一下,从自己的钱包里拿出了一张银行卡。

"里面有一万块钱,给团子买好点的营养品来调理身体"我拍了一下朴泊的肩膀,将银行卡塞在他手里。

5

我没有太大的能力,托自己的叔叔给团子介绍了一份工作,团子成了叔叔公司里面的出纳,一个月三千五。

"你怎么办,就想做歌手吗? 如果真的有这个梦想,就去参加比赛吧,团子需要安全感。"再次相遇,我们坐在北京的古城墙上面,这里比南方更冷,雾霾更重,我真想不到哪里比故乡好,霓虹闪烁,高楼大厦,人来人往,麻木不堪。如果在故乡,还能生活得轻松一点。

"我知道,可我现在给不了她任何承诺,我不后悔自己'北漂',却后悔将她带过来,跟着我一起受苦。"朴泊看着夜空,我看到他的眼角有些晶莹在闪烁,就算自己再辛苦,也不能让自己爱的人受苦,这一点,我和他一样。

哪怕自己再狼狈，也要独自去承担，是男人就要给她撑起一片天空。

"如果你不带她来，她也是吃苦，在你身边，她更加有安全感。"

"走吧，别想了，去酒吧唱首歌，好久没唱歌了。"我拉着朴泊走进了酒吧，点了一首陈奕迅的《浮夸》嘶吼起来。

歌词很美，几乎唱进了所有"北漂"的心里。

"用十倍苦心做突出一个，正常人够我富议论什么，你叫我做浮夸吧，加几声唏嘘也不怕，我在场有闷场的话，表演你看吗够歇斯底里吗，以眼泪淋花吧，一心只想你惊讶，我旧时似未存在吗，加重注码青筋也现形，话我知现在存在吗，凝视我别再只看天花、看天花、看天花……"

这个版本是陈奕迅的 2010 演唱会演唱的，最后的咆哮尖叫声唱出了"北漂"怀才不遇的不甘，那种不被重视的无助，让人内心有一种无力感，每个人都会有这种无力的感觉。

疯狂，此时我只能用疯狂来评论朴泊，这一首歌，这撕心裂肺的咆哮，唱出了他心里的梦想，他有梦，却不敢追，饱受跌宕的自尊，早已被打击得狼狈不堪。

他再一次用自己的咆哮，做出了一个决定，他接受了我的意见，决定走入娱乐圈，参加海选，或许他会脱颖而出，或许他会被打击得体无完肤，但我知道，他不会让团子受委屈。

吉他再次被他砸裂，破碎、浮夸不断冲击着在场所有人的视觉和听觉，酒吧里的人全部沉浸在朴泊的歌声里面。而我想到的是恐怕我又要掏钱送他一把吉他了。

6

"好，唱得好，这吉他砸得好，释放了内心的不甘，我在北京漂了五年,终于有一首歌唱到我心里面去了。"说话的是一个带着大粗链子的男人,很壮,膀大腰圆,却给我一种亲切的感觉。

后来我才知道,他也是走文艺路线的,但因为走入了深如海的娱乐圈,每天应付职场上面的酒会,才变成了现在这样。

因为一个人的带动,身后更多的人开始咆哮,要让朴泊再唱一首。我知道他不行了,释放了一次之后,第二次就再也达不到这种感觉,恐怕让陈奕迅来选择,他也最喜欢 2010 年演唱会的那一声咆哮。

一晚上,整个酒吧气氛热烈。这一年,朴泊变得太多了,或许经历了社会的打磨之后,才变得更加成熟了。

"我想投资你成为艺人,吉他我会找人专门给你定制一把新的,你很有天赋,这首歌,真的唱到我心坎里面去了,而且你的声音很好,我也一直关注着你,但你在今天才真正地打动了我。"这膀大腰圆的男人跟着我们从酒吧里面走了出来,同时手里拿着一叠的人民币,交给了朴泊。

"谢谢你,但是我想靠自己去努力争取。"朴泊淡淡笑着,他活得的确狼狈,但也有自己最后的尊严和底线。

"这钱是酒吧老板给我的,我跟他打好了招呼,我带你走,这三万也是他给你的工资,今天晚上收入多了很多。"膀大腰圆的男人并没有因为朴泊的拒绝而有什么表情变化。

我笑了笑,接过了他的钱,同时问他要了一张名片。

朴泊需要这样一个机会,这可能就是他人生转折的机会。

7

一场突如其来的暴雨让这座城市慌了阵脚,我站在酒店的落地窗前,静静看着窗外渺小的人们在暴雨中狂奔,这是生活,所有人都逃不掉的命运。

轿车飞驰卷起地面上的积水，拍打在骑电动车的人身上，引来了一阵破骂。

我从来没有觉得有钱人多么有素质，哪怕住着别墅，开着宝马奥迪，拿着一百多万元的年薪，但在此时，他们比那些不劳而获的社会寄生虫还要垃圾。

忽然，传来了一声尖锐而又刺耳的刹车声，接着便是一声剧烈的撞击声。

刚才那辆宝马车直接撞上了一辆公交车。

在北京这个城市，一辆车没办法代表身份，"北漂"众多，或许他们只是一员，或许这车还是他们用存了好几年的积蓄加上按揭买来的。

天空昏暗得有些可怕，仿佛洪水猛兽一般，炫耀着他的强大。

大雨不断地拍打着窗口，我的手机铃声忽然响了起来，很是急切的铃铛声，敲击着我的心脏，压抑到窒息。

"喂，朴泊？"

电话是朴泊打来的，我听到里面急切的声音。

"哥，团子出车祸了，被车撞了。"朴泊气喘吁吁地奔跑着，我的目光再次看向了不远处大街上的车祸现场，发现最不起眼的地方，静静地躺着一辆粉红色的电瓶车。

我的瞳孔猛然放大，紧接着我直接冲向了门外。

"我看到了，就在我们酒店边上，我这就过去！"我说完之后，直接挂断了电话，往楼下冲去。

三分钟之后，我冒着雨来到了车祸现场，团子像一只折了翅膀的蝴蝶，孤零零地倒在大雨中。雨水拍打着她白色的连衣裙，周围围观的人指指点点，却没有人伸手救助。

我挤过人群，直接抱住了团子。浑身是血的团子很是虚弱，整个人脸色苍白。

"叫救护车了吗？ 警察呢？"我大声咆哮着，一瞬间我害怕起来，害

怕失去团子,我不知道朴泊没有了团子,会不会疯,但至少,他的世界
和信仰会破碎。

8

大雨依旧下着,拍打着我的脸,我身上的衣服已经湿透,一阵寒意
侵入我的身体,令我不自觉地打了一个冷战。

我将团子抱起来走上了边上的公交车,而那辆宝马车的车主对着
我的背影骂骂咧咧。

我不知道他骂了什么,反正不是什么好听的话,或许是嫌团子
命贱。

在这个势利的世界,金钱代表一切,我不否认。在此时,团子就是
一个灰姑娘,一只折了翅膀的蝴蝶,不过我相信,她会重新起飞的。

雨依旧下得疯狂,不断地拍打着公交车的窗户。我几乎要疯了,
身体不断颤抖,很冷,真的很冷,冷到骨子里。

"把衣服给她披上,救护车来了吗?"公交车上一个五十几岁的大
妈将自己袋子里面的衣服递给了我,我没有拒绝,道了一声谢接了
过来。

"哥,你在哪啊? 我到了。"就在这时候,朴泊再次给我打来了电
话,我迅速地接通告诉了他位置。

"团子,你不要吓我。"朴泊身后背着吉他,看这情况应该是刚刚从
酒吧出来,他接受了那个胖男人的建议,并且在胖男人的工作室工作,
下个月就要参加比赛了。

"没事的,没事的。"我不知道怎么安慰朴泊,只能不断拍着他的肩
膀,但我心里也没有任何底气。

我原本以为朴泊会静静地等候着救护车,没想到他直接抱着团子
往外面冲去。雨依旧很大,一切都显得那么渺小。

"大妈，我等会把衣服给你送回来。"说完之后，我冲了出去，在北京发生车祸，不依靠自己的力量，就等着永远堵死在这条路上吧。

9

在雨中狂奔了二十几分钟，我有一种深深的无力感，我们太过于渺小，寻找不到方向，兜兜转转，朴泊快急疯了。

"小伙子快上车，我带你们去医院。"就在这时候，一辆出租车停在了我们的身边，雨水已经灌进了我的鞋子里面，身上的衣服不断在滴水。

出租车载着我们迅速来到医院，朴泊直接冲进了抢救室，我不知道淋了那么久雨的团子会不会好，她本来身体就虚弱，恐怕这次之后会落下病根。

"七哥，都怪我，我不应该让团子去上班的，如果不是因为我没用，她就不会这样啊，我没有照顾好她。"朴泊将双手插进自己头发里面，很是自责内疚。

我没有说话，只是拍着他的肩膀。

很快，里面的医生走了出来。

"谁是病人家属？"听到这声音，朴泊像是打了激素一样站了起来。

"医生，她没事吧？"

"没有什么大碍，出车祸的时候撞到了右腿小腿，造成了骨折，加上病人身体比较弱，以后恐怕会落下病根。"医生很无奈地说道，我站在身后，静静地等候着被推出来的团子。

来到病房，团子的脸色苍白得可怕，手背上面插着针。

"对不起，对不起。"朴泊紧紧地抓着团子的手，我很自觉地走出了病房，不过冷风一吹，我才又感觉到自己浑身湿漉漉的，真的很冷。

回到了酒店，我接到了朴泊的电话。

"行了，别谢我，我们这关系，以后你火了别忘记你七哥就行了。"我半开玩笑地说道，我挺相信朴泊能火的，因为他有不同于别人的魅力。

"我觉得自己挺亏欠团子的。"朴泊沉默了许久，才缓缓开口道。

"既然觉得亏欠，就不要再继续亏欠她了，男人嘛，要有点担当才是，别拿自己的面子当饭吃，有时候，团子更重要，毕竟你是她的全世界，你过得开心了，生活好了，她也就好了。"

"很多时候团子不说啊，其实心里面也是挺希望你能有所行动的，比如海选，比如加入那个胖子的工作室，比如你成名。她不说是不想自己影响你、强迫你，她了解你的倔脾气，是不会放下自己的尊严的，倒不如她自己多承受一点。"

我顿了一顿，讲了一堆关于他们感情的看法，其实作为旁观者，我没有权利去评论什么，但对于团子和朴泊，我算是他们爱情的见证者。这一年是朴泊的低谷期，团子依旧不离不弃。这种感情，是苦涩青春岁月里面最为珍贵的。

"我知道了，我现在在医院照顾团子，能不能再麻烦你跑一趟，给我们买点晚饭……"朴泊很是不好意思地说，我倒是随性惯了，直接应了下来。

挂断了电话，洗了一个澡之后，我才穿上衣服匆匆出门，此时大雨已经停了，天空漆黑如墨，晚上七点钟，大街上车水马龙、人来人往，很是繁华。

哪怕刚刚下完雨，也阻挡不住上班族辛苦一天之后的释放。

我带了一些快餐给他们。

朴泊给团子喂着饭，讲真心话，很是温馨。那时候我是被虐的单身狗。

汪汪汪！

10

团子的病好了，但也落下了病根，不能做体力活，也不能过度劳累。

"所以，你参加比赛吧，别再辜负她了，她够苦的了。"我和朴泊坐在古城墙上面，离开学校的这一年，他成熟了太多，因为身上的那份担当、责任。

"我知道，我们唱一首吧，《理想》。"朴泊笑了笑，开始弹起了吉他。

这一年我没有弹过吉他，不过再次摸到这熟悉的琴弦，也不自觉地弹奏了起来。

"又一个四季在轮回，而我一无所获地坐在街头，只有理想在支撑着那些麻木的血肉……"悲怆的歌曲在北京古城墙上面回荡，我从来没有怀疑过自己的理想，曾经顶着压力毅然决然地离开学校，朴泊也与我一样。

唱着同一首歌，我才发现，梦想在这个现实的世界里面，真的很渺小。

朴泊被折磨得麻木了，我不知道自己是否也会变成这个样子。那时候的自己会是什么样子？或许才华散尽，所有人都离我而去，一个人孤独地坐在街头，抽着劣质香烟寻找快感，喝着啤酒麻痹神经。

四季在变换，而我一无所获地坐在街头。

赵雷的歌词很美，而我们的理想，更美。

一个星期之后我离开了北京，去寻找自己的自由。

时间再度飞逝，我受邀参加了朴泊的海选比赛，他用一首《私奔》成功晋级，海选成功。

光阴荏苒，我风尘仆仆地在全国各地游历，时不时接到朴泊的消息，他的歌声得到了认可，赚到了很多钱，也签约了经纪公司，而功劳都是那个胖子的,他通过各种渠道帮助朴泊实现梦想。

很多时候我不得不感叹这就是现实,你有权势就可以只手遮天,你没有权势,就是任人宰割的小绵羊,会被抬手捏死的蚂蚁。

"加油吧,为了团子,你可以的。"我笑了笑,一切都按照我预想的那样发展,可我也很担心,朴泊进入了娱乐圈,会不会忘记了相濡以沫的原配。

不过,当那天朴泊给我打来电话的时候,我的心彻底放了下来。

"七哥,我和团子决定结婚了,先给她一个婚礼,然后等我们稳定下来再去民政局领结婚证。"

那么久,不管怎么说我都有些无奈于朴泊的鲁莽和倔强,但此时,我真正地释怀了。

他成长了,变成了自己理想中的样子。

11

再度见到朴泊,已经是一年之后了。

"七哥,我在北京开了一家店,让团子当店长,三天后开业,你来庆祝庆祝啊?"这是朴泊到北京的第三年,他比很多"北漂"的人都要幸运,熬了两年就出头了。

"行,我肯定准时到。"我应了下来。

三天后,我到了北京,朴泊的店是一家很火爆的咖啡店,店面的位置很好,周围都是高楼大厦,这一条街也是商业街,很适合做生意,不用想,肯定是那胖子弄的。

不知道为什么,我总觉得那个人不简单,并且身家也不只那一家工作室。

后来,这个猜想得到了证实,但我答应胖子,一切都不告诉朴泊,毕竟这个人发起倔脾气,任何人都拉不住。

开业活动结束之后，我和朴泊再次坐在了酒吧里面，灯红酒绿，这两年在社会沉浮，我也变得成熟稳重了许多，事业也渐渐走上了正轨。

"你知道吗，我当初最担心你什么？就是你火了之后，离开团子。不过你没让我失望。"我笑了笑，喝下了一杯鸡尾酒，酒精刺激的感觉，瞬间充斥着我的神经。

那么多年，我还是没有学会喝酒。

"我打算等发布专辑那一天举行婚礼，双喜临门，我还要给团子认干爸妈，双方父母在才好。"朴泊渐渐开始规划起自己的未来，我很开心他们能够走那么久。

青春的爱情，通过两个人的努力，真正做到了永恒。

"认我爸妈做干爸妈好了，刚好这几天他们要来北京玩。"我以前并不认识团子，但她是一个好女孩，所以倒不如做一个人情给她，刚好我父母也叫喊着要一个女儿。

"那也可以，那到时候七哥帮我联系一下，我先回去了，团子估计等急了，我现在每天十点之前准时回家，出远门都带着她，生怕把她丢了。"朴泊笑呵呵地说道，很是幸福，我差点没拿着杯子砸他脑袋上。

"我去你的秀恩爱，赶紧滚。"我摆了摆手，示意他赶紧走，最讨厌这种在我面前秀的，不知道单身狗会受到成吨的伤害吗？

赶走了朴泊，我自己开始喝起了闷酒，看着舞池中央扭动着的人，灯光照耀在各色酒杯上面，是这个城市的奢靡，是钢筋水泥铸就的繁华。

婚礼如期举行，五月二十四，朴泊和团子结婚，而我父母作为女方的家长出席了。

至于我，再次开始了我想要的旅程，五月二十四，是我心中那个人的生日。

12

　　古城墙上面风很大,吹不散的是苦涩青春,我背上吉他,带着梦想,拉上你私奔到最遥远的城市。

Chapter 9

咖啡店里的
一幅画

苦到心里的咖啡,他说她爱喝。

一幅满载深情的画,却无人能懂。

这是梦,这是来自内心的苦。

这是梦,是弹唱间,缓缓浮现的你的身影。

1

我和乾坤认识，是在这家叫古城之北的咖啡厅。

古城之北在北京小胡同里面，参加完朴泊和团子的婚礼之后，我兜兜转转走进了这座城市最北面的小胡同，于是见到了他。

古城之北里面的装修很是简单，灰色的格调，昏暗的光线。这里的生意并不是很好，墙上倒是挂着好几幅画。

我曾问乾坤，这画是他画的吗？

"都是我画的，比较抽象。"乾坤在为我研磨古城之北，而我则坐在透明的玻璃窗户前面，看着胡同巷子里面稀松的人流。

"撕裂、禁忌、黑暗，恐怕这画要有心人去看才看得明白吧？"我微笑着接过了乾坤递给我的咖啡。

乾坤听到我的话，微微一愣，并没有说话。

古城之北的咖啡很苦，没有加任何辅料。

每次喝，我都紧皱着眉头，但是能够回味很久。

"喝口水吧，这种苦咖啡不能长时间浸泡舌尖，容易变味。"乾坤递了一杯柠檬水给我。我漱了一下口，这才直视眼前的这个男人。

乾坤的眼睛看起来很昏沉，不过我看到的是他对于生活的淡然。

我问他这家咖啡店盈利吗，他摇了摇头，告诉我，每个月都在亏损，他开这家咖啡店不是为了钱，而是信仰。

在听到这句话的时候，我就知道这家咖啡店有意义，如果没有任何的意义，他是不会守着一家不盈利的咖啡店，并且是在如此偏僻的地方。

我站了起来，来到墙边，挂在墙上的油画清一色都是冷色调，特别是那一座城池模样的画，更是让人不寒而栗，第一眼看到我就久久不能撤离自己的目光，同时心脏有一种抽痛的感觉。

"这幅画叫什么?"我指着这黑暗的城池,画上没有任何的光亮,配合上周围的灰色格调,更加如同一座炼狱。

"《死亡禁区》。"乾坤顿了一顿,才开口说道。我紧皱着眉头,一幅很血腥残忍的画面出现在脑海中。

因为在这座黑色城池里面,躺着一个长发白衣女子,身边浸润着鲜血,一只恶魔悬浮在空中,龇牙咧嘴,异常恐怖。

"这里面有一个故事吧,也是你苦苦坚持在这里的原因?"我沉默着,周围也安静得出奇,只有乾坤抽着烟,目光呆滞地看着窗外,风吹过,有些冷瑟。

"是有一个故事,这个故事发生在很久之前,不提也罢。"乾坤笑了笑,他的牙齿很白,照理说抽烟的男人,牙齿都会被烟熏得蜡黄,但他没有。

"艺术家的格调,你这画可以卖高价,为什么不去当画家,偏偏守着这个咖啡店,世界上没有那么多文艺的人能够明白你的艺术,只有现实。"我坐回了自己的位置,的确,古城之北咖啡店一开始就已经违背了经营理念,一家只亏不赚的咖啡店,在这个现实的世界里面根本没有生存下去的机会,除非有投资商愿意不计亏损地投资这家店面,才有可能坚持下去。

但几乎没有可能,没有投资商那么傻,会去投资这种店面。

"我曾经也试过靠卖画生活,但我的画他们不理解,太过于黑暗,卖不出去,于是我也就放弃了。这家咖啡店,可能也坚持不了多久了,等我的存款用完,它也该消失了。"乾坤继续抽着烟,让原本很艺术的咖啡店变得乌烟瘴气。

"为什么不找个投资商来投资呢? 世界上肯定有和你一样志同道合的艺术家喜欢这种精神,古城之北很文艺,不管能否明白这咖啡里面的意思,至少我很喜欢。"我举起杯子朝他示意了一下,随即一口喝干了咖啡。

真的很苦,苦涩到心里面,同时那种悲凉的感觉,瞬间充斥整个胸腔,闷得可怕。

"抽一根吗？看你喝下去都没有皱眉。"乾坤递给我一支烟,我接了过来。其实我现在很少抽烟,因为生活太忙,根本没有时间伤春悲秋,于是借烟酒消愁的日子,也离我远去了。

此时再感受这种烟味,那种呛入心肺的感觉,忽然很熟悉。

深吸了一口,感觉到舌尖那种辛辣的感觉,我苦笑,这种感觉逝去了很久,而我也有些好奇这个故事,究竟是什么。

很多时候我们都会与大流背道而驰,只为了心里面的那一种执念。

我的境界没有乾坤高,我出去旅游要建立在自己腰包有钱的前提下,我不喜欢尴尬,所以我才在这种得过且过的生活里面,自我安慰地行走。但乾坤不一样,他宁可自己拮据生活,也不愿意让自己的精神沾上一丝瑕疵。

2

钢琴的音乐在咖啡店里面响了起来,来这里喝咖啡的人并不多,都是有那种文艺气息的白领或者是文青。

不过我发现他们每次来这里喝一杯咖啡,都会往角落的那个箱子里面投进去好几张红色的人民币。

此时我才明白,古城之北是一种情怀、精神,是没办法用金钱去衡量的情调,我也明白乾坤为什么会守着这家咖啡店。

其实我想帮助他,通过我的办法帮助乾坤支撑起这家咖啡店。

我记忆里能够帮他的,只有成名的朴泊了。

"朴泊,什么时候有时间,你和那个胖子出来,我们聊聊关于文艺的事情。"我拨通了朴泊的电话,至于那个胖男人,外表根本和文艺不搭边,反而像极了一个暴发户,但他硬生生地用自己的文艺,告诉我人不可貌相。

"咋了七哥,第一次听你说文艺这种东西,是不是最近打算走文艺路线了?"朴泊笑呵呵地说道。

我扯了一下嘴角,抹了一把脸,难道我平时不走文艺路线吗?

"办活动的事情,和文艺搭边,还有,我平时不文艺吗?"我很是郁闷地问道。讲实话,还真没有人说我文艺,见到我的都说我像痞子。

其实,我是一个文痞。

"文艺!文艺!那你在哪,我等会去找你。"朴泊很是敷衍地说道。我也不跟他计较,直接报了古城之北的位置。

等了半个小时,我看到外面出现了一辆吉普,在我的人生计划书里面,就有拥有一辆吉普这一项,朴泊这小子倒是发展得比我快。

"七哥,我来了。"跟着朴泊来的,有胖子,还有团子,另外一个,应该就是助理了,谈活动,肯定要正式一点。

"坐吧。"我示意了一下,同时让乾坤泡了三杯古城之北和一杯热牛奶,团子怀孕了,不能喝咖啡这种刺激性的东西。

"我们又见面了。"胖子很是熟稔地和我打招呼,第一次见面,是一年前了,朴泊那天在酒吧砸吉他那次,之后我就没有再见到他了。

"是啊,好久不见。"我笑着和他握了手,毕竟谈合作和活动,要正式一点。

"就叫我胖子好了,名字什么的,无妨。"胖子很是自然地笑着,和他暴发户的打扮格格不入。

"行吧,不知道你们听说过没这家咖啡店,古城之北每个月都是亏损的状态,我想拜托朴泊每个月在这里办一场活动,来支撑这家咖啡店的经营。"我的目的很简单,既然是谈合作,肯定要有商业目的。

"我曾经来喝过这里的咖啡,苦涩入心,讲实话,我曾经想投资这里的,但是被乾坤拒绝了。我现在还每个月都来呢,不信你问乾坤。"

胖子笑呵呵地说道。

我微微一愣，恐怕我和朴泊说古城之北的时候，他就已经猜到我的目的了。

"的确是。"研磨咖啡的乾坤和胖子对视一笑，看样子，两个人很熟悉。

"那你们的意向是如何？"我看着眼前的两个人，倒是有些懵，看样子我是来晚了。

"当然答应，那这合同就由乾坤来签？"胖子直接答应了下来，他几乎可以为朴泊做任何选择和安排商业活动。

"让小七签吧，我身上不想绑任何的合同，不过我要看看合同的公正程度，不能坑了他。"乾坤笑着端来了咖啡，将牛奶放在了团子面前。当然我疑惑的是之前胖子找他，他拒绝了，今天却答应了。

团子和我很久没有见面，反而坐在了我身边，看着她面色红润，我知道朴泊对她很好。

"行吧，那我们的合作就正式开始？"我点了点头，接下了这个任务，我也不太喜欢身上绑太多合同，但是很多时候没办法，只能被迫签约，为了自己的生活和利益，不得不参加一些商业活动。

"当然，把合同拿出来吧。"胖子接过了助理手里的合同，朴泊全程没有说什么，看样子胖子也是一个好人，或者说惜才的人，不会为了利益坑害自己的艺人，这也让我对朴泊的前途放心了许多。

敲定了合同之后，乾坤作为咖啡店的店主也没有任何的异议，那么我也代签了合同，胖子方面则是由朴泊签约，总体合约的条款，反而偏向了古城之北这家咖啡店，他们只是收取活动的成本，其余全部投资咖啡店，朴泊也是公益出演。

3

很快,第一场活动举行,通过朴泊经纪公司的宣传,活动还没有开始,整个咖啡店就已经火爆异常了,顺带着隔壁店面的生意也很好。

"你上台唱歌吗?"朴泊询问道。他带了两把吉他,看这样子是想让我上去,我摇了摇头,拒绝了。

"我不会参加这种商业活动的,哪怕是为了乾坤,这吉他我也不会拿起了,并且我曾经断过弦,发誓不再碰吉他,除非有一天她回到我身边。"我摇了摇头,直接拒绝,今天我只做一个听众,并不想上去唱歌。

"为心中之人断弦,不再拿起,性情中人啊,那我后面的话也就不说了。"胖子来到我身边,微笑着说道。

我听到后面的那句话,心里就明白了,朴泊引荐过我,他估计也想要拉拢我加入这种沉浮圈子,可是我的心不在这里,根本不可能定下来。

"谢谢。"我笑了笑,没有再说话,等着活动的开始。

七点钟,天空已经昏暗了,但周围霓虹闪烁,异常火爆,粉丝的呼声一波接着一波,看样子朴泊真的火了。

"羡慕吗?"乾坤忽然歪着脑袋问我。

我被问得没有头绪,轻"嗯"了一声,突然明白他的话是什么意思,随即摇了摇头。

我并不喜欢这种方式获得的成就,如果关于理想,而台下是为我真心呐喊的粉丝,或许我会很开心,并且我也会自己公开演唱。

"你的钢琴不是弹得很好吗,不上去露一手?我曾经也想学钢琴,但是没有天赋。"我笑着问他。

不过乾坤也是摇了摇头:"看你吉他弹得不错,这种东西无关天赋,只要自己努力,都可以的。"

"或许是为了一个承诺吧，算了不说了，我们听演唱会吧，我也是第一次如此近距离地看朴泊演唱。"我笑了笑，之前朴泊就有邀请我参加，可是我在外地旅游，没时间回来。

演唱会在七点半的时候准时开始，第一首歌，朴泊选了《私奔》。

"过得很幸福吧。"我看着边上的团子，原本她孤零零的一个人像是一叶孤舟，可是她遇到了朴泊，这个辽阔的岛屿，让她有了寄托的地方。

"幸福啊。"团子甜美地笑了笑，看着朴泊的眼里满是爱意，拥有他就拥有了整个世界。

当年发生的事情，或许团子还是没有释怀，但那些事情都已经是往事了，只要她现在幸福开心就足够了。

朴泊嘶吼的声音感染着台下的观众，我也被感染了，跟着一起唱，乾坤也是如此，在这个北京城最北面的地方，上演了一场最具有纪念意义的演唱会，一首歌结束，自然而然地就是打广告的时间。

广告词是我写的，简单明了，意思就是多多支持古城之北这家咖啡店。

"真的很棒。"乾坤鼓掌，竖了一个大拇指。

"真不上去？这次不是商业表演，就当是为了你心里面的那个人，为她唱一首歌，或许在天国，她也听得到。"我笑了笑，心里已经猜到了乾坤身上发生的事，我还是想详细听听他们的故事。

"我上去之后，你也上去？"乾坤笑着看我，我无奈地点了一下头，答应了下来。

"行，那你先去，我陪着团子等你下来之后我再上去，保护好她才是最重要的。"我随即说道，不过团子却是推了一下我，表示自己没事。

"不行，这个我答应朴泊了，你可是我们几个人的仙女，最重要。"我开了一个玩笑，把团子逗得开心地笑了。

乾坤唱了一首家家的《尘埃》，伴随着钢琴节奏响起来，他的声音和朴泊很像,但有一种细腻的感觉,或许是画家专有的音线吧。

一首唱罢,接下去就是我了,因为朴泊前面的预热,我们两个人上去,场面并没有冷下去,反而更加火爆。

"《你还要我怎样》,music……"我笑着弹起了吉他,但在一瞬间,我仿佛在茫茫人海中看到了一个人影子,一瞬间情绪有些失控。

熟悉的音乐响了起来,我闭上了眼睛,关于我和她的一幕幕全部在脑海回荡,刺激着我的心脏,痛苦也孤独。

"我不要你怎样,没怎样,我陪你走的路你不能忘……"我的声音并没有多好听,不沙哑,也不尖锐,如同潺潺小溪流入人心。

一首歌唱完,我才发现自己眼角已经湿润,不过我一想到今天还有另外一件事,心里得到了些许安慰。

4

"下面,我有一个惊喜送给朴泊。"我笑了笑,目光朝人群里找去,但之前那个身影已经不见,让我有一些失落,不过为了不让其他人看见,我的脸上一直带着笑容。

朴泊也被我的话弄得莫名其妙,因为这件事情只有我知道。

"叔叔阿姨,出来吧。"我笑着从台下的人群中拉出了朴泊的父母。

当年朴泊倔强地离开故乡来到北京,这些年可以说最辛苦的就是朴泊的父母,可朴泊根本没有听我的话,一直倔强下去,所以我没有办法,只能将他们二老带来北京。

所有的目光都聚集到了两位老人身上,乾坤笑眯眯地看着我,他并不知道,但却能理解我。

"七哥,你……"朴泊显然也被我的行为惊到了,目瞪口呆地看着我们,之前我已经串通好了乐队,音乐一直在继续。

"三年,最辛苦的不是你们,而是你的父母,三年没有任何的联系,你知道他们有多苦吗?"我拿着话筒,看着朴泊,这一句话,直接刺进了他的心里。

乾坤带着团子也走了上来。

我做这场公益演唱会,最终是为了朴泊和自己的父母解开心结。

"爸妈……"团子很自然地喊了一声,朴泊有些难以自控地转过身去,不敢看自己的父母,哪怕他功成名就之后,也没有回到家乡庆祝,这件事,的确是他的错。

"朴泊,这件事我其实也知道,但是没有告诉你,这两年我看着你成长,你父母也联系过我,但所有的事情,都要你们自己去解决。"胖子拍了拍朴泊的肩膀,轻声说道。

"儿子,这三年你受苦了。"朴泊的父母手里拿着自己刚烧的菜,颤颤巍巍地走了上去,三年时间,思念把两个老人折磨得很痛苦。

"爸妈,对不起。"朴泊终于还是解开了三年前断绝关系的心结,为了团子,他付出了一切,但朴泊的父母何尝不是为他付出一切? 只是那时候年轻,不懂罢了。

现场所有人都由衷地鼓掌,只见朴泊的母亲打开了保温盒,里面是一份红烧肉,朴泊最喜欢吃的一道菜,我曾听他讲过。

一切都按照我预计的发展,演唱会很快结束,中间的小插曲,把现场的节奏不断推向高潮,一波接着一波。

"晚上,是不是可以跟我讲讲你心里面的那个人,我明天就要走了。"我站在乾坤的身边,看着工作人员收拾现场,随即问道。

"行吧,今天你也帮了我很多,或许那么多年过去了,我也该放下了。"乾坤点了点头,深深叹了一口气。一切,都将会在时光流逝中消散。

相比乾坤,朴泊实在是太过于幸运了。我从来没有相信过命运,我觉得一切都要靠着自己的努力,友情、爱情、生活、理想,都是如此。朴泊的努力我看到了,乾坤的低谷我也看到了,我没有资格评论这两人,因为我才是生活中最失败的那个人。

此时已经十二点多了,窗外下起了大雨,初秋的天气善变,雨水拍打着玻璃窗,我一个人坐在窗前,思绪不断被拉扯、撕裂,混合着瓢泼大雨,渐行渐远。

5

"她叫叶子,我和她是在大学在一起的,所有人都觉得我们离开大学时会分手,但我们没有,她在北京,而我在南城,异地恋了三年,那时候我画画想要卖钱,但是没有人看上我的画,所以她就自己打工赚钱给我生活费,支持我创作。"

"她是我的头号粉丝,这样的生活持续了五年,整整五年时间,都是她在接济我,为了我的理想,她每天要打三份工,早上送牛奶,白天上班,晚上还要去酒店兼职,每个月拿着微薄的工资,自己只留下一点,其他全部寄给我。但是,在五年前,她去世了。"乾坤说到"上班"的时候,已经哭得不能自已。

雨水不断地拍打着窗户,整个咖啡店就我们两个人,寂静得让人不寒而栗。

"这些画,都是她走了之后你画的吗,她是死于车祸对吗?"我指着那幅《死亡禁区》,开口问道。

乾坤用自己粗糙的手掩着面孔,轻轻地点了点头。

"这是你们的梦想吗,开咖啡店?"我用手指轻轻敲打着桌面,心里有一首歌不断在脑海盘旋,歌词慢慢凝聚。

"是我和她的梦想,我说到时候我不画画了,我们在北京盘下一家店面开咖啡店,她当老板娘。"乾坤哽咽着说道,曾经的往事不断刺激着他的心脏。

世界上有一种爱情,叫你不离我不弃,异地恋最为折磨人的就是距离，但他们的心曾经靠得那么近。

乾坤在努力，叶子也在努力，为了两个人的生活，用自己的生命在奋斗，只是想告诉自己深爱的那个人，只管用心去追梦，我在你身后，只要你在，我的世界就不会崩塌。

但最后乾坤的世界崩塌了，叶子离开了乾坤，永远消失在了这个世界上，一只美丽的蝴蝶失去了翅膀，化作了尘埃。

大雨不断地拍打着窗户，在黑暗中，我仿佛看到了天使，洁白的裙纱、美丽的容颜，用自己最美的光亮笼罩着乾坤。

叶子是乾坤的全世界，而乾坤也是叶子的全世界，青春时代最为纯真的爱情，因为一场车祸，被彻彻底底地摧毁。

"叶子在另外一个世界会过得很好的，她在那个世界祝福你，她一直是你的信念不是吗？最后还是要生活的。"我喝着已经变得冰凉的咖啡，冷掉的咖啡有另外一种味道。

古城之北似乎混合了雨水的味道，苦涩之中还混合着一丝酸涩的味道。

原来，我早已经泪流满面。

6

世界上最沉重的爱，是你在世界的这头，而我在另外一个世界。

朴泊的演唱会，让更多的人注意到了古城之北这家具有文艺气息的咖啡店，哪怕咖啡苦得可怕，他们也愿意来这里喝上一杯，在这里感受那一段坚贞而又痛苦的爱情。

乾坤的故事讲述得很简单，但配合一杯苦涩的浓咖啡，所有人都抵挡不住里面的悲凉，那是一种涩到心里面的痛苦。

四年大学感情，五年异地恋，我不知道两个人是怎么坚持下来的，互相信任、理解、支持，都不可缺少。青葱岁月的爱情，是我们所有人都怀念的,也是最忘不掉的,那见证了我们纯真爱情慢慢走向成熟的过程,原来我们也曾天真过,但别忘记,生命里始终有一个人,会让你用生命去爱。她会是叶子,也会是乾坤,或者是朴泊、团子,也有可能是我……

不管时间怎么考验爱情,或许在交往之前你们是好朋友,更加深入了解之后发现双方并不合适,但请记得,你在难过痛苦的时候,第一个想到的是谁。每个人都有腻的一天,但生活就是这样,从渐渐的新鲜感到后来的互相熟悉,今天喜欢他的优点,但明天他的优点就变成了你眼里的缺点。

没有完美的人,有的只是我们的互相体谅,这才是爱情。谈过多少场并不重要,重要的是青春里爱的人是不是最后陪你到婚姻殿堂里的那个人。

乾坤没有得到命运的眷顾,他却用另外一种方式延续了和叶子的爱情。一家咖啡店,是他们爱情的见证,那一幅幅画,都是乾坤为叶子画的,独一无二。

后来我离开了北京,但听朴泊说,有一位演唱会的粉丝爱上了乾坤,爱上了这个弹着钢琴诉说着忧郁的男人。

我不知道他们后来的结果怎么样,但我相信乾坤会从曾经的感情中走出来。他也许一辈子也忘不掉叶子,但会深藏在心,然后重新开始一段生活。

人生就是无数个人从你的生命里走过,看你遇到了几个,撞到了几个,牵手了几个,然后在走到终点之前,回头看看生命里出现了多少个曾经你爱的,或是爱你的人。

乾坤过得很好,命运会眷顾所有人,你在看到别人成功的时候,不要只看到了自己的落魄,别忘记自己的努力,生活就像是一杯苦涩的咖啡,但也是给有准备的人喝的,到最后,你会感受到甜美。

Chapter 10

莫愁路上说莫愁

未知你的坚持，
雨打湿的灵魂，
空守一座孤城，
心在哭泣莫愁。

1

雨打湿了这座古城，老旧的街道，匆忙的行人，却有一人撑着伞行走淡然。

雨水肆虐地拍打，天空朦胧，模糊了视线，像是无声的哭泣，慢慢地湿了心。

我掐灭了手上的烟，站在窗前，看着烟雾被雨拍散，消失在了天地间，不远处海天一色，边上的梧桐树嘀嘀嗒嗒零落一地黄叶，卷起了淡淡愁丝。

"南京倒也安稳，没有俗世纷争，距离故乡也不远，不过还是有些无奈，这雨要下到何时？"放下之后，整个人淡然了许多，仿佛世间没有任何事情值得我去感伤怀念。

"那撑着油纸伞的女人，已经第三天站在梧桐树下了，而且对着的方向，正好是莫愁路的尽头。"小桐擦着自己的头发，更是增添了一番女人的韵味，像是天上飞来的仙子，让人迷恋其中。

"我听旅馆店家说，这女人几乎每天都会在这梧桐树下站很久，然后流泪而归，此时的她已经瞎了。"哭瞎的情节是我很少真的见到的，但那个穿着白色长裙，撑着红色油纸伞的女人，确实是一个瞎子，她身边的那一条柴犬，也已经年入暮岁。

很多时候，狗比人要忠诚，风雨无阻地陪伴，哪怕寒冷地颤抖，也要依偎在主人的身边。但人却是不同，留不住的就该走，经历一个轮回早已物是人非，又谈什么春秋归去等待回首。

女人叫徐凤年，倒是应了余光中老先生译的那句话，心有猛虎细嗅蔷薇，三十年前站在莫愁路的这头，目送自己深爱的男人远出打拼，一别三十，从开始的书信往来到后来的断了联系，写出去的信全部被退回，理由是地址无效。

三十年的等候,转身离别时一头黑发,再回首时已雪满白头,可人还未归。

我站在一楼屋檐下,小客栈略有些昏沉的光线让视线并不清晰,女人长发及腰,却花白如雪,佝偻着身体,身边有一条年纪大了的老狗,一人一狗,背影萧条。

店老板说这家店已经开了四十几年了,从他爸爸那传承下来,从三十年前的一天开始,门口就有一个女人撑着伞等候,每逢下雨就是如此装扮,白色纱裙,仿佛盛装出席。

春去秋来地转换,清晨黄昏地流转,年轮飞逝敌不过一句承诺,太过于沉重,执着了一辈子也依旧见不到那一人出现,她终有一天会归入黄土,但至少爱得无悔。

2

我不知道那男人如果看到了会怎么样,是否愿意回首走进女人空守的孤城,还是转身诀别告诉她别再等了,我已有了家室。不管哪种画面,撕裂的终究是这个女人,不过是前者喜后者悲,逃走的依旧是这三十年的岁月。

女人走了,雨水也停了,天空却是昏沉了下来,原来我一站就是一下午。

目光延展出去,是莫愁路的尽头,而这里,是莫愁路开始的地方,梧桐树依旧沧桑,或许三十年前就已有了这棵树,陪伴了女人三十年的光阴,所有人都老了,或已经轮回,但不变的是这执着的爱。

"好感人啊。"我回头,发现小桐也一直站在我身后,身边蹲着的哈士奇很是乖巧。我突然间明白了那句话,离去时黑发浓墨,回首时苍白如雪,消失的是百年身。

所有的爱都不敌时间的残酷,但眼前徐凤年的爱,爱了无数日夜。

店老板告诉我，他曾经看到过女人写的诗，写得很好，但最后被她抢了回去，哪怕失去了光明，但一颗心没有瞎。

"年少分别时的承诺，梧桐树下的等待，未见繁花似锦，新雪皓影也失，如是十年。"

"酒入愁丝未醉人，绵绵细雨湿一城，独留空楼守一人，望月徒失相思意。"

"今生今世，我最难忘的两次哭泣，一是你离开时，二是你归来时，但我始终等不到第二次。"

"雨湿了一座城，湿了一颗心，不过总有一个地方一直干着，那是我为你守护着的空城。"

"我常住深宫，等你十里红装、白马铠甲，身后万臣拜地说娶我。"

"我没有走你曾经走过的路，但总有你的身影，下次你路过，世间已无我。"

"雨点滴滂沱，青砖红瓦，三十年前梧桐，三十年后梧桐，人在树在，而你离去时下的倾盆大雨，早已经历世间无数轮回。"

"烧我成灰，守一棺椁，夺我光明未见你容颜，不想不念未思量，我弹一曲琵琶空守候，守候不到归人。"

"你在莫愁路这头告别，我用目光送你走完这条路，我看着你的背影哭喊，求你别回头，快快消失在人海尽头，终于我看你到了终点。我忍不住追赶，但你为什么不愿意等等我，你留下了我还能赠你整个世界轮回，可你已不再。"

在看到最后一篇的时候，小桐哭了，靠在我的怀里哭得很伤心，光从几封信里面，我就感受到，徐凤年爱得很深，爱到骨子里的执着，她赢了时光却输给了自己的爱。

3

店家告诉我，从父辈开始，这个女人已经守候了三十年，他接管这家客栈也有十年时间了。他父亲曾经喜欢过这个女人，也曾多次相助，甚至为女人搭了一个棚子帮她挡雨。但似乎是执着，女人走出了他父亲搭的棚子，撑着伞在梧桐树下等候，哪怕汽车开过溅起的水花湿透了白裙，也依旧岿然不动。

二十五年前的一个雨天，女人终于支撑不住，每每下雨便流泪，发烧四十度，店主的父亲一直陪伴在她的身边，也就是那个时候，她瞎了，店主的父亲陪了她十五年，但她始终没有接受他的爱。直到十年前店主父亲去世，女人在他的坟头哭了一天一夜，再流不出一滴眼泪的时候，离开了。

第二天下雨了，下得很大，她依旧倔强地站在雨下，店主父亲守护的二十年中，女人昏倒发烧无数次，是店主父亲不离不弃守护着她。梧桐树曾经要被砍掉，徐凤年不同意，店主父亲出面买下了前面的一块空地，专门为了她留住那些树。

"她多大了？"我忽然问道，如此花白的头发，应该有六七十岁了吧。

"五十六岁，二十六岁时送别了那个绝情的男人。"店家是一个四十几岁的男人，三十年前也有十几岁，岁月真的是一把无情刻刀，改变了太多人的模样。

同样我也明白了心有猛虎细嗅蔷薇的意思，猛虎也终有一天会折服于蔷薇的美丽温柔之下，不过三十年也未见，是人性更是现实，爱情是所有感情里面最强求不来的，我想徐凤年也该放弃了。

回到楼上，天色已经黑了，我收拾了一下就带着小桐出去吃饭了。在这里三天，三天都是朦胧小雨，在以前我的心态会崩得很严重，但此时只是静静等候着雨水过去。

"想吃什么？我带你去。"我拉着小桐走在莫愁路上，在莫愁路上分别，倒是别有韵味。

"梅花糕、鸭血粉丝汤……"小桐提前做了功课，随即报出了好几个南京的美食，不过我的目光却是瞥到了坐落在莫愁路边的教堂，徐凤年刚刚走进去，那熟悉的长裙太过于显眼。

"她就住在这里吗？三十年倒也转瞬即逝。"我拉着小桐的手，等到了教堂门口的时候，她已经不见了，只能作罢。

"应该吧，先去吃东西。"我尴尬地摸着咕噜叫着的肚子，随即走进了一家小餐馆里面，点了两道特色小吃，至于梅花糕，附近没见到只能作罢。我还是比较喜欢这些江南小吃的，毕竟美味。

4

吃完饭我们再次游荡在莫愁路上，不远处一家咖啡店很显眼，外面红色的桌椅供人使用，名字叫作莫愁咖啡店。

"这让我想起了古城之北、旧城以西，都是有韵味的咖啡店。"我驻足在对面，终于打算走进去，越是这种咖啡店，越让人心动，可以听人讲述一个又一个动人缠绵的故事。

果然如我所猜测的一般，莫愁咖啡店主打的就是一杯莫愁咖啡。

点了两杯原味的之后，我和小桐坐在了窗边，雨已经停了，但马路依旧湿漉漉的，从这个方向，刚好可以看到教堂大门，徐凤年拿着扫把开始打扫，那只柴犬紧跟在她身边，一人一狗让这个昏沉黑夜显得独特。

我的目光没有在外面停留太久，而是看向了柜台，想要看看莫愁咖啡是如何制作的。

这里的人并不多，并且面前都有咖啡了，所以在制作的肯定是我们那两杯。

做咖啡的是一个老先生,穿着中山装,满头银发,很精瘦,衣服穿在他身上有些宽大了。

"当我想多了。"我苦笑了一下,有一种很不好的感觉在心里弥漫,但也只能自我安慰是自己想多了。

5

"怎么了?"小桐发现了我的不一样。

我只是摇头不想说太多,谈起了她名字的问题。

我笑着问她的名字是不是与凤栖梧桐有关,充满仙韵,就好像天上飞下来的仙子一般。她只是娇嗔地打了我一下,心里乐开了花。

咖啡在我们两个人的说笑中端了上来,我却喊住了服务员,向她询问那个老先生的名字。

后来我才知道,老先生叫南图,我心里瞬间明了,想请服务员把老先生请过来,但是却被拒绝了,说能够喝出这咖啡里面的韵味,才能够见他。

我愣了一下,随即笑得更甚,心里的猜测更加确定。

"喝吧,能喝出来就厉害了。"说着,我抿了一口,跟古城之北的苦涩不一样的是,它有些酸,苦得更辣,舌尖弥漫着一种涩味,像喝了一杯 82 年的雪碧,那种味道更强。

我看向了一旁的小桐,她已经眼角噙满泪水,细细品味着,于是红着眼眶看着我。

"好苦啊。"我哭笑不得地看着怀里的小桐,为什么会被苦哭了,难道她喝出来了?

"怎么了,你解释解释怎么苦了?"我拍着她的背,她缓了许久才告诉我,是思念却无力,是相见却又恐惧,是梧桐树下那三十年流转的年轮,是亏欠内疚,像是外面的雨的流转,一次又一次,是守候,默默地守护。

当我晃神静静感受的时候,南图老先生已经坐在了我的面前。

我咧嘴一笑,在那瞬间明白为什么叫莫愁咖啡了,为什么明明近在咫尺却不能相见了,是无奈,是煎熬,相比乾坤的生死相隔,这更是一种折磨。

6

"徐凤年等候三十年,南图守护二十年?"我笑着,眼角也湿润了,此时心里的感觉已经没办法用文字表达,很复杂,我该如何评论这两个人的爱情,我也很无力,无法评论,任何一个字都没办法评断他们两个人的爱情,我也明白近在咫尺却如同天涯的感觉,折磨煎熬,却也幸福。

"守护了她二十年的是我哥哥,我离开那一年就瞎了眼睛,回到了这里,开始打工,过着暗无天日的生活,二十年前我凑够了钱把这家咖啡店盘了下来,十年前开始经营。"

"他是我哥哥,可笑的是这个身份没有任何人知道,哪怕是他亲儿子也不知道,后来哥哥爱上了凤年,我想自己不出现是好事,如果有一天凤年爱上了哥哥,我也可以全身而退守着这份没有勇气的爱。"南图两只眼睛紧闭,完全看不见,但此时却弥漫了泪水,三十年的折磨,每一天都是痛苦的煎熬,化作灰也要思念,南图的痛苦不比徐凤年少,恐怕更甚。

"后来哥哥走了,凤年没有爱上他,我的心里更加亏欠内疚,可我也没办法出去找她,我欠了她一辈子,怎么能再去耽误她呢?"南图已经哭得不成样子,一个被生活虐待了三十年的坚强男人,却总会为自己爱的女人流泪。

"可你的不想见，更加是折磨她，折磨了她三十年，如果你二十年前就出现，她也不会这样坚持下去了，她还爱你，爱你三十年如一日。"我哽咽地说道，看着他脸上满是岁月的痕迹，沧桑狼狈，被生活折磨的人，让人心疼，可我更心疼徐凤年，因为她为爱毁了美好年华。

爱可以很伟大，爱整个世界；爱也可以很弱小，卑微到尘埃里面。所有爱情都没办法被评论，我也只能站在一个旁观者的角度去看，最后也感动了自己，他们爱了对方一辈子。

"其实你应该去见她，三十年一万多个日夜，人生总共三万多个日夜，她已经失去了三分之二，那么你是不是该去陪伴她剩下的三分之一？"我看着他，再次说道，既然亏欠了，那总要弥补，总不能一直守着一份亏欠，带入黄土不再提起，这对两个人都太过于残忍。

"不必了。"南图老先生忽然站了起来，转身离开，对于餐厅的路线，他太过于熟悉，走得缓慢，却很稳健。

我看着窗外，又下起了小雨，世界朦胧了起来，而那条柴犬蹲在教堂的门口，吐着舌头，很是可爱。

我再看怀里的小桐，已经睡去，只好无奈地将她背了回去。

回到客栈，店老板朝我们笑了笑，我只是回应了一下，随即拖着疲倦的身体进了房间，明天或许该阳光明媚了。

7

荒草丛生的青春，
倒也过得安稳，
代替你陪着我的，
是年轮。

——汪苏泷《年轮》

柴犬死了，被葬在梧桐树下的泥土里面，我不知道它的名字，它就像是一位无名的勇士，守护着徐凤年孤独的生活。

"徐凤年，你知道南图老先生在哪吗？"我站在了穿着白色纱裙的徐凤年身后，轻声问道。

她听到南图的名字的时候，身体微不可察地震了一下，随即撑着棍子很缓慢地转过身来。

我看到她脸上已经布满泪水，干枯的皮肤上面，是这三十年风雨侵蚀的痕迹，毫无血色，黝黑得可怕。岁月总是很残忍，但总有一天，她会熬过这段痛苦岁月的。

"他在莫愁咖啡店，但是他不想见你，他说亏欠了你三十年的爱情，余生没办法补偿，你们输给了时间，却没有输给爱情，我很想让你们重新在一起，可我不想弄巧成拙，所以我想让你自己想明白了去找他，否则我会很尴尬的。"其实一开始我并不想告诉徐凤年这个消息，一是南图昨天的离开让我很诧异，二是我并不想把事情弄得太尴尬，两个人心与心之间或许都有联系，只不过始终跨不过去那个坎，但总有一天要有一个人愿意去打开这道心门。

不过当我看到柴犬离开的时候，我想它的使命也到头了，是不是该轮到真正的将军十里红装娶她入金碧辉煌、温暖如春的宫殿，而不是那寒冷的深宫。

我的心里守着一座孤城，等你千军万马来踏，或许徐凤年一直在等南图勇敢一次，做她的将军。

8

阳光照射进这座古城，驱散了连续三天的阴雨绵绵，阴沉的心情也终于拨云见日，我目送着她离开，我知道他们两个人肯定会见面，那份藏在心里，却表露真切的爱，都会被感受到。

他们两个人其实都明白,只是差了一份面对的勇气。

"勇敢一点,你们两个都知道对方在身边,但缺少的是那一份面对的勇气,总有一天你们中会有人熬不住先行离去,倒不如现在为爱勇敢一次。当年他辜负了你,现在你的等待只是更加地辜负岁月。时光会证明一切,既然相爱就去吧,守护自己的幸福。"我将清楚了自己的思路,在她身后大声说道。

他们都缺了那一份勇气,正如歌里面唱的一样,"我认真将心事都封存,密密麻麻是我的自尊"。很多时候,爱是超越一切的伟大,用自己的生命去爱,用自己的时光不顾一切,但更多时候他们为了那微不足道的尊严,错过了一辈子的爱。

所以我想不只是徐凤年和南图,所有人都该为自己的爱勇敢一点,万一错过了,就是一辈子,那时候真的才是追悔莫及。

"为爱勇敢,其实他们都知道对方的存在,但因为曾经离开时的那一股倔脾气,一下便倔强了三十年,但却恍若隔日一般。"很多时候不必羡慕大街上热恋接吻的男女,徐凤年和南图这种黄昏时手拉手散步在莫愁路上的情侣更让人感动。

"莫愁路上莫回头,你我终将爱一世,莫愁时间来太晚,莫愁爱太懦弱,是我爱你太深,莫愁莫愁我在等你。"

莫愁世间的爱,总有一天会降临,说莫愁莫愁。

我笑着,跟了上去,就这样静静站在莫愁咖啡店门口。

阳光很美,整个咖啡店被红装包裹,南图白衬衫、黑色西装、红色领结,盛装出席,手里捧着的玫瑰花开得很鲜艳。

"原来他们心有灵犀早已经知晓,我是不是有些自作多情了?"我捏着小桐的手,她又一次靠在我的怀里哭了。

我自嘲地笑了笑,眼前的画面太过于温馨,窗外淡淡的阳光将整个屋子照得明亮。

"今生今世，我最难忘的两次哭泣，一是你离开时，二是你归来时。"

两位老人紧紧拥抱在一起，白色纱裙包裹着她被岁月侵蚀的身体，黑色西装是他曾经的亏欠，但今天的相见，终于让两个人重新在一起，这一份相隔三十年的爱情，终于有了圆满的结局。

9

南图老先生从自己的怀里拿出了一枚钻戒，面对着眼前的女人单膝跪地。这是一份迟来三十年的求婚，在那一刻，他们就是对方的全世界，那座孤城也终于迎来了自己的将军，整个咖啡店充满了欢呼声和呐喊声。

"岁月静好，很温馨。"我笑着说道，哈士奇靠在我的脚边，阳光热烈却不燥人，赶走了深埋在心里的阴郁。

"今天店长新婚大喜，所有咖啡半价。"忽然一个声音喊道。

我坐在咖啡店的角落，见证着这场婚礼，迟来三十年，却如三十年前一般，爱未变，只不过经过岁月的沉淀之后，爱得更深沉了，也更加坚不可摧。

此时再喝莫愁咖啡，就真的莫愁了，了却了三十年的思念与执着，为爱勇敢一次，这杯咖啡也变得甘醇香甜起来，不似之前那样苦涩。

他们幸福地笑着，哪怕他们看不到对方的容颜，但心里始终铭记着对方以前的样子，并且愈加清晰。

现场响起了《年轮》的歌曲："圆圈勾勒成指纹，印在我的嘴唇，回忆苦涩的吻痕，是树根……"

徐凤年是梧桐树上那一只凤凰，南图是那猛虎，不过也会折服于温柔之下，心有猛虎，细嗅蔷薇。

10

爱了整个青春年华，终于没有辜负任何一个人，爱需要勇气，哪怕人潮拥挤，有一天那个人也会依偎在你身边。

离开了咖啡店，莫愁路沐浴在明媚的阳光之下，我驻足在梧桐树下，看着那不起眼的土包，是那只英勇的柴犬埋葬之地，没有任何一个人会记得它，哪怕是我，有一天也会把它淡忘在旅途中，忘了曾经在南京莫愁路起点的梧桐树下，埋葬着一只勇敢的守护者，不知道名字，却很勇敢，和时光作对，哪怕它后来输了，也值得祭奠。

我们都是被时光折磨的人，能做的就是不留遗憾。其实对任何一段感情我们都没有不舍，只是遗憾，遗憾自己曾经不够勇敢。如果南图当年勇敢一点，就不会辜负徐凤年三十年，也不会让对方再受伤害，或许当年有那一份勇气，徐凤年就能看南图一辈子了。

不过两个人失去了光明又如何，只要用心去看，就足够了。

所以啊，一辈子很短，三十年的时间也是转瞬即逝，如果爱的话，请别给自己留下遗憾，勇敢一点，或许会追逐到不一样的生活，不一样的天空，不一样的未来，还有不一样的身边的你。

Chapter 11

陪伴是最长情的告白

你是我平凡生活里的守护，
是我重病时的陪伴，
是我一生的托付。

1

天空繁星点点,微风吹过脸颊,我把车子停在了热闹的大街上,走进了一家不大的餐馆。

餐馆叫富贵餐馆,里面总共有十二张餐桌,厨房在后面,打扫得很干净,给人一种安心的感觉。

"来客人了,点菜啊。"老板娘是一个很胖的女人,看起来很臃肿,身上穿着并不合时代与年龄特征的衣物,显得较老。

自来熟的性格让我打趣了一下老板娘,说她是不是五十几岁了,她并没有生气只是笑了笑,随即回答我说才四十岁。

然后在我错愕的表情中哈哈大笑,显然不止我一个人这样询问她,时间一久她也习惯了。

点了几个农家小菜之后,老板娘便走进了厨房,上菜的是一个男人和一个十几岁的小女孩,看样子这应该是一家人。

男人的皮肤偏黄,脸上的皱纹较多,长时间在厨房里面炒菜让他的脸有些油光发亮,和女人的臃肿截然不同的是,他很瘦,像是被虐待了一样。

吃完了饭,我看饭店里面的人也不算太多,明明菜炒得很好吃,却很少有人问津。

等到那个小女孩子再次过来收拾碗筷结账的时候,我才拉住了她询问关于富贵餐馆的事情。

询问之后我才得知这家餐馆是一家人开的,女孩叫瑶瑶,那个胖女人叫婷婷,是她的母亲,至于厨房里面的肯定就是她的父亲了,叫于富贵。

听到这个名字的时候,我想到了一句话,不义而富且贵,于我如浮云。

很多时候富贵不是要赚很多钱,富足一生,相反,平静而满足的生活千金难求,金钱对他们来说可能就是浮云。

当我再次询问为什么明明是吃饭高峰期,到这里吃饭的人却很少,哪怕有的人都已经进来了,最后还是转身去隔壁吃面的时候,瑶瑶目光有些躲闪,似乎不好意思说。

2

"走走走!你们赶紧走!这顿饭当我请你们了。"老板娘看到我们还留在这里,脾气忽然上来了,直接朝我们驱赶道。

"什么情况?"我满脸迷茫地拉着小桐被赶了出来,瑶瑶眼里闪着泪花,似乎被老板娘吓了一跳。

"你看明白了吗?"我还没有从刚才的情况中反应过来,为什么聊天聊得好好的就把我们赶走了?而且一开始的时候,这老板娘还谈笑风生,谁知道吃饭完之后就翻脸了,难怪这餐馆没有人进来。

"没有,太莫名其妙了。"小桐摇了摇头,我看着里面的瑶瑶已经被她母亲推上了楼梯,而我也鼓起勇气重新走进了餐馆,把一百块钱放在了餐桌上。

"老板娘,这钱不能少你们,如果有冒昧的地方,我道歉。"说完我坐上了车,回到了不远处的客栈。

其实我不明白的是,为什么老板娘会那么臃肿,而老公却如此瘦弱,仿佛风一吹就倒了,而且老板娘前后的态度相差得太大了。我只是询问这家餐馆为什么人那么少而已,难道里面隐藏着什么不可告人的秘密?

"是不是菜里有毒,肉是老鼠肉?"小桐忽然脑洞大开地说道。

我扯了扯嘴角,刚才我特意观察了一下营业执照是正常的,那么饭菜肯定没有问题,所以肯定不是这个原因。

想了许久也没有想到答案,我们只能作罢,打算第二天再去吃一次,或许能够从他们的女儿瑶瑶身上了解到答案。说不定里面真的有什么很大的秘密,虽然说这和我们没关系,但好奇心驱使我想要弄明白,不义而富且贵,于我如浮云,是不是这家餐馆的故事。

3

跟昨天一样,我走进了餐馆,老板娘只是抬头看了我一眼,随即拿着菜单走了过来,似乎昨天晚上的事情并没有发生过,而我在店里面寻找了一下,瑶瑶已经不在了,应该是上学去了。

"如果是吃饭我欢迎你们,但打探我们家的消息,我不会欢迎你们的。"老板娘板着一张脸,她笑起来分明挺好看的。于是我不怕死地说了一句:"你板脸的样子很难看,昨天晚上爽朗的笑声我很喜欢。"出乎意料的是老板娘再次笑了笑,点完了菜就离开了。点完菜之后于富贵也很老实地走进了厨房,一条毛巾挂在肩膀上,架势很足。

"我很想知道昨天晚上为什么你情绪变化那么快,我只是问了瑶瑶为什么没有人来你们家吃饭而已,这算不上什么机密吧?"这个问题我迟早要弄明白,倒不如自己先问问。

"很多事情不是你们想象的那样,我还是那句话,吃饭欢迎,问我们家的事情,我会赶你走的。"婷婷拿来了两罐饮料递给我们,说是昨天晚上加上今天的饭钱多出来的,没零钱找就给两罐饮料。

吃完饭之后,我以为瑶瑶不会出现,没想到她正好背着书包走了进来。

这次我没有自讨没趣地询问,而是坐在了车子里面,等着瑶瑶下午上学。

"瑶瑶,还记得我吗?上车,我送你去学校。"小桐的美女效应让瑶瑶解除了对我们的戒备,随即坐上了车。

想到昨天晚上瑶瑶流的眼泪，我还是不忍心询问，将她送到学校之后，便回去了。

连续三天我都在富贵餐馆吃饭，终于在第三天的时候，老板娘不在，于富贵一个人坐在柜台前。

"于老板，喝一杯吗?"我示意了一下。

他一个人正坐在柜台前吃着炒饭，杯子里面是一杯不明液体。

我见他目光闪烁了好几下，随即走了过来，端着他那杯水和炒饭。

"我很好奇你是怎么和老板娘走到一起的，你那么瘦她那么胖，体积也不对啊。"我和他碰了一下，打听起来，男人之间套话只能通过喝酒，酒桌上的感情建立得最快。

4

"这种事情说来话长了，我和她高中就是同学，也是老乡，后来高中毕业之后就没有了联系，我在老家打工。再次见到她是在酒店里面，她喝得酩酊大醉，那时候她很好看，很苗条。"说着，他从钱包夹层里面拿出了一张二十年前的照片，能看出老板娘很好看。

"那天是因为她被客户拉到宾馆侮辱，我看到不对劲就跟了上去。走近房间我就听到了里面的打斗声，我立刻用通用房卡打开门，背着她逃走了。那时候我不想她想起我，于是我离开时并没有让她发现，谁知道她在我背上的时候就已经看到我了，我只能承认。后来她为我辞掉了工作，我们确认了关系。那时候我在老家干体力活，没有固定的收入，基本上做完一个厂子就要去另外一个厂子，二十年前的收入一个月能有五十块已经很好了。后来她怀孕了，我没办法，只能借钱结婚，然后来到这里靠着一点存款租房子，继续打工。"

"我的名字叫富贵，家里人都希望我能赚到钱，婷婷读的书比我多，告诉我不义而富且贵，于我如浮云的意思，而且这也是她所理解的我名字的含义,当初她愿意跟我就是因为我不贪钱。有一件事情我一直没有告诉她,她家里人给我一万块钱让我离开她,可我带着她私奔了,不过她最后也没有知道,一直到现在。"

于富贵仿佛是打开了话匣子,我也知道了他那杯子里面是用□泡制成的药酒,补身体的。

"你们的餐馆是什么时候开起来的,很新啊,但为什么没有生□我绕了一大圈,终于询问到了点子上,不过门外却看到了婷婷□身影晃荡而来,她的手里还提着一大包的药。老板喝完了最后□酒,拿着我们吃剩下的残渣离开了。

话题到这里也终止了,我看得出来于富贵很爱婷婷,不□是知道跟我聊天是婷婷的逆鳞,所以宁可自己怂一点,也□生气。

我心里明白,男人很多时候认怂不是害怕老婆,而是□她受一点委屈。

离开餐馆时,我对这件事有了大概的一点了解。□□□情,讲究的不是门当户对,而是谁有钱嫁给谁,谁有能□□□卖女儿差不多。但不得不承认的是,也有很多人为了自□□□奋斗,为爱私奔,而于富贵和婷婷就属于这批人。

5

终于等到了双休日,星期六的时候我看到于富□□□□女儿走了出去。

人们常说女儿是爸爸上辈子的情人,他们两个人的关系倒也挺好的。

"于叔、瑶瑶上来吧,你们去哪啊? 我带你们去。"我笑了笑,于富贵犹豫了一下,发现离家已经远了,就坐上了我的车。

打听了一下位置，他们今天要去书店购买复习资料，看样子瑶瑶的成绩应该很好，询问之后我得知，瑶瑶每学期拿市级三好学生，是老师眼里的乖乖女，标准的"别人家的孩子"，而且成绩一直学校第一，令我叹服。

拜托了小桐陪着瑶瑶先去书店，我这才再次和于富贵聊起了那天晚上没有聊完的话题。

"这些事情埋在我心里面二十年了，饭店里面之所以没有生意，不是因为婷婷脾气不好，是因为他们传我们两个都有病，说在炒菜的时候往里面吐口水，久而久之，哪怕来这里游玩的外地游客也都知道，这里的富贵餐馆不干净。"于富贵苦笑了一下，很是无奈，那是对于现实的无力感，一位外来务工人员对于颠倒黑白的话无力反驳。

我问他为什么不证明自己是清白的，而是这样一再忍受，让自己富贵餐馆的名声越来越差。

"他们没有说错，我们两个都有病，我在开店之前得了肺结核，虽然后来治愈了，但医生说还有传染的可能，而婷婷有肝病。不过我炒菜的时候戴着口罩，对得起天地良心，不会去干这种丧尽天良的事情，但我没有办法反驳这种半真半假的话。"

6

有肺结核的确不能当厨师，咳嗽时的唾液哪怕是到了高温的油里也没办法消灭。但既然能办下健康证，说明病好了，那为什么生意还那么差？

我有些不解，但也不怀疑于富贵的话，哪怕他的菜有问题，他也不会坑我。

"肝病是肝癌吗？犯病引起的发胖么？"我忽然询问道，婷婷之前很喜欢喝酒，自然很容易得肝病。

"是啊,我们唯一放心不下的就是瑶瑶,她还小,但我们不行了,婷婷已经是肝癌晚期了,你看她大大咧咧笑起来很爽朗,但心里面的苦只有我们自己知道,每天晚上她都会痛得整夜睡不着,但不想让瑶瑶听到只能自己忍着。如果靠着医院的药物支撑,还能多活几年,看到瑶瑶结婚嫁人,那我们也就知足了。"

于富贵的眼眶有些湿润,他从怀里拿出了一包褶皱的烟,应该是很少抽,否则烟盒不会那么烂。

"陪你抽一根?"我笑了笑,打开了天窗。烟雾在车子里面弥漫,这是一个男人对于生活的无奈。命运的不公加重了他肩膀上的重担,让他产生无力的感觉。我不知道该怎么安慰他,毕竟我没有感受过那种肩膀上的重担,哪怕现在对小桐的负责,也不至于压迫得我喘不过气来,还能每天很开心地出去游玩。

我的年纪乘以二也没有于富贵大,可我对于生活的感悟往往是超越了同龄人的,毕竟我十六岁就在酒店工作,在工地上搬砖,十六岁的独立让我更能够理解于富贵的心情,包括我父母曾经的一些经历,那一种被生活压弯了腰,被折磨得不堪重负的痛苦,让人没办法动弹。

于富贵心里的痛苦更是超越了很多人,他们夫妻两个人得了重病,无力医治,高昂的医药费也是他们最大的负担,为了自己的女儿,没钱化疗治病,只能忍着撕心裂肺的痛苦。但他们忍过来了,因为心里面有爱,那是对自己女儿的爱,他们不想影响到她。

7

我想瑶瑶肯定知道自己父母的病,青春期的孩子很敏感,况且父母还是她整个世界的顶梁柱。

瑶瑶无力帮助父母,只能通过自己的努力去回报父母的辛苦,一切不说透,才是最好的爱。

　　我深吸了一口气,烟抽了一根又一根。于富贵和我都沉默了,这是对抗生活失败的结果,不过他们幸运的是,有那么一个可爱美丽的女儿,或许有一天他们离开了这个世界,但并不会后悔自己的付出。

　　我没办法感受里面的爱,于富贵和婷婷的爱情,对于女儿的亲情。越是在这种困境,越是平淡的生活,越能看出曾经的选择没有错。于富贵可以放弃肩膀上的重担,婷婷也可以自私地拖累家庭,但他们选择互相扶持着一起走,爱情最大的魅力不在于说过多少次我爱你,给过你多少生命里的美好,而是在我们都落魄的时候,你不离不弃陪伴在我身边,那种爱,才超脱了这个世界上的一切,爱得平凡,却最沉重,也最值得。

　　瑶瑶和小桐回来了,我想小桐也得到了从瑶瑶那边打听来的消息,我们谁也没有说话,但我也看得出来,瑶瑶情绪很低落。

　　她这个年纪还没有到独当一面的时候,这一切都是一个沉重的打击,她心里知道的和我们告诉她的、父母亲口告诉她的冲击力是完全不一样的,那是瑶瑶的整个世界,我怕她听到这个消息之后会瞬间崩溃。

　　此时我有些担心起瑶瑶的心态了,到时候她可能会接受不了父母的离开而痛苦疯狂。

　　将他们送回了餐馆,我也回到了客栈,今天听到的信息太过于震撼,二十年不离不弃的爱情,最后也敌不过病魔,是该惋惜爱情的伟大,还是该叹息他们的弱小无力?

8

　　结果总是无奈的,第四天的时候,婷婷因为肝癌恶化被送进了医院,瑶瑶哭红了眼从学校冲了出来。我们到医院时候,手术室的灯还亮着,气氛沉闷得可怕。我此时只能祈祷婷婷没事,那肥胖的身体,爽朗的笑声,被岁月折磨之后依旧能微笑面对的勇敢,此时环绕在我的眼前。

我们没办法战胜强大的病魔,但我们能快乐地度过生活中的每一天。婷婷用自己的笑声抵抗着命运,哪怕最后输了,但至少曾经斗争过,她一直勇敢地面对,未曾输过,那就足够了。

等待的过程总是煎熬的,等候了数小时之后,手术室的门终于打开了。

"手术不算很成功,但病人的生命是保住了,不过剩下的时间也不长了,希望你们提早做好准备,肝癌晚期我们也无能为力。"医生很惋惜地说道,说罢就离开了,留我们一群人面面相觑,瑶瑶早已经泣不成声,靠在小桐的怀里。

我拍着于富贵的肩膀,不知该说些什么。

我坐在医院的长椅上,于富贵在病房里面陪着婷婷,小桐则带着瑶瑶出去了。

一个人的时候我才明白那种平凡生活里面的幸福,是两个人相互依靠、相互扶持走完余生的美好,是重病时的不离不弃,是一生的托付和守护,被病魔折磨可依旧没有被打倒,他们活得勇敢,爱可以战胜一切。

命运总是无情地撕扯着平凡的生活,他们过得并不好,可是很快乐,那是他们拥有的最美好的时光,哪怕最后婷婷被病魔夺走了生命,我想岁月也会记得她曾经来过,然后在于富贵的生命里留下了重重的一笔。

金钱没办法衡量两个人的感情,如果富贵当年答应了分手,或许他们两个人的人生会不一样。婷婷或许会过得很好,会有钱治病,也有可能根本就不会得病。有了那一万块钱,于富贵也不用生活得那么辛苦,可以自己开店,可以继续打拼,可以有美好的生活。但命运既然选择了将他们捆绑在一起,就注定了会有一场平凡而伟大的爱情,哪怕生活对他们不好,可他们爱得无怨无悔。

<h1 style="text-align:center">9</h1>

这注定了是一场分别,婷婷没有逃过病魔带来的厄运,五天后的凌晨三点钟,在所有人沉睡的时候,婷婷离开了,她用自己最后的力气吞服了安眠药,在所有人不知道的情况下,离开了这个她眷恋的世界。她是自私的,为了不拖累自己的家放弃了生命。

所有人都哭了,哪怕是我也站在窗前凝视外面,努力不让泪水落下。

窗外黑得可怕,霓虹不再闪烁,雨水哗啦啦拍打着医院的窗户,整个世界都模糊了,病房里面充斥着哭喊声,雷鸣滚滚,击打着脆弱的肉体,闪电照亮了天空,似乎是婷婷不舍这个世界的哭喊。

她走了,永远地离开了这个世界,离开了于富贵,那句不义而富且贵告诉她这个男人没有爱错。她带着那个于富贵埋藏了二十年的秘密离开了,或许她知道,但是因为爱,为了守护这个男人的自尊,她也装作不知道的样子。

离开总是那么沉重,从当年不顾一切的私奔到二十年的相濡以沫,爱是体贴包容,是富贵的退一步;爱是关怀入微,是婷婷的一杯药酒。他们都希望对方过得好一点,而独自去承受生活带来的磨难,哪怕婷婷最后坚持不住了,也选择默默离开不拖累富贵。

我深吸了一口气,心情压抑得有些可怕,让我没办法喘气。

一站,黑夜便过去了。

我离开了医院,接下来需要操办的就是婷婷的葬礼。那天我也参加了,黑色的西装,湿漉漉的地面,我站在墓碑前面,看着婷婷的骨灰盒慢慢地落下,除了富贵和瑶瑶在哭泣,其他人目光平静,甚至有些不屑。

　　一切从简，我拉着富贵的手离开，这葬礼让我心里错愕，而更多的是无奈。婷婷的父母在现场，他们竟然没有哭泣，从他们目光中折射出来的更多是怨恨，仿佛离开人世的不是自己亲生的女儿，我无法理解。

　　"为什么她父母那么冷漠？周围还有她的兄弟姐妹，也平静得可怕，仿佛不是一家人一般。"我开着车询问道。雨刷器让我的视线有些模糊，为了安全起见还是停了下来。

　　"当年婷婷跟我私奔到这里之后，就和家里断绝了联系，二十年没有回过家一次。我知道这样做儿女很不孝，但你也看出来了，她是一个倔脾气，没办法，只能我带着瑶瑶回去，虽然没有每年回去，但也尽了孝道。后来他们也会经常过来看看，但婷婷对他们怀有怨恨，所以避而不见，久而久之关系就这样僵化下去，五年前我们回老家也被赶了回来。

　　"我想婷婷应该知道他们娘家人给我一万块钱的事情，她也总说我没骨气、没能力，不能像一个男人一样撑起她们母女的一片天。但我看得出来她是爱我的，只是生活让我们两个人都喘不过气来，没办法追求更好的生活，可我们也无悔。可能没有了二十年前在一起的那一份爱、那一份激情，但最后我们回归到了平凡淡然的生活中，那是一种习惯，相互依偎帮助的习惯。"于富贵说得很平静，但是我能感受到他心里面那种撕心裂肺的感觉，很难受。他始终是一个男人，怀里还有一个女儿，他是瑶瑶最后的世界支柱，是她最后的信仰。

　　婷婷没办法继续成为瑶瑶的世界守护者，那就只能把她身上的责任担到自己身上，富贵肩膀上肩负着更加沉重的责任，对于这个家庭，对于瑶瑶的未来，他都要无比耗心。

10

外面忽然传来了刺耳的刹车声,猛烈的撞击声响起,一声接着一声,连续三声。

发生车祸了!

隔着车子的玻璃,我们看到一辆大卡车被追尾,轿车直接被后面那辆飞速行驶的面包车撞进了大卡车底,鲜血顺着雨水弥漫,又一个生命离开了。

很多时候生命很弱小,病魔面前,事故面前,意外面前,我们唯一能做的是珍惜生活中的每一天,因为你不知道哪一天爱的人就离开了,但是你有很多话都没有说,很多事都没有做,很多爱还没有给她。所以啊,要好好珍惜自己生命里的每一天。

很多时候我们可能不理解对方的唠叨,不理解对方的叮嘱和脾气,但她只是希望你能够安全,能够多一点时间陪伴她。许多爱都源于平凡,却爱得伟大,所以请珍惜生命里那个陪你过苦日子的人。

11

车子在雨中开得很慢,我想起了母亲的叮嘱"开车一定要慢点",她或许每天都在担心我的安全,这种下雨天可能也是她最揪心的时候吧。

想到这我笑了笑,生活就是这样平凡,平凡到柴米油盐酱醋茶,平凡到你我坐着摇椅就是一天,平凡到我俩斗斗嘴就白了头。

将富贵送回他的小餐馆之后,我也给母亲打了一个电话报平安。经历了那么多事情之后,我才真正明白,陪伴是最长情的告白,生活里的一句句我爱你都只是虚的,唯独那一直的陪伴才是最美的爱。

世间所有的感情最后都会变成血浓于水的亲情，十年的友情，十年的爱情，最后发现再也离不开对方的时候，那就是你生命里最不可割舍的一部分。陪你过的日子，是生命里最快乐的日子，陪你享受的荣华富贵却是生命里最难熬的，因为你再感受不到那种真心的爱，不义而富且贵，于我如浮云。

看着富贵忙碌的身影，我忽然想到了朋友给我讲的一个故事。

他说一个女孩和男孩谈了四五年的恋爱，终于要走进婚姻的殿堂了，男孩为了考验那个陪他过了五年苦日子的女孩，带她去了一家奢侈品的店里面让女孩选。女孩以为男孩和她在一起四五年终于舍得给她花一次钱了，很高兴地选了一样，但男孩刷完卡之后就分手了，理由是女孩不持家。

当时我听完这个故事之后是不理解的，更多的是想笑，世间最无奈、最嘲讽的故事莫过于有一个女人愿意陪你过一辈子的苦日子毫无怨言，可你却用物质衡量和否定了她四五年的付出。

我无法得知这个男孩想的是什么。我想说，有这样一个女朋友就知足吧，一个包就能让你否定她四五年的坚持，是你亏欠她的青春。

12

最平凡的爱情才是最感人的，陪伴是最长情的告白，如果生命里有一个女人愿意为你不顾一切，请好好珍惜，钱不是衡量爱情的标准，也不要用物质去比较她对你的爱。

因为付出的是她美好的青春光阴和她愿意跟你走一辈子的执着。

Chapter 12

给你灵魂，
予我未来

灵与欲的交融，
肉体的碰撞，
我将身体交与余生。

1

你说想要我的身体,那我交给你,你愿意给我未来吗?

我走过了很多城市,见证了很多爱情,驻留过很多地方,体会了很多平凡。

我来到乌镇——嘉兴的一座江南小镇,自然而然地住在了一家客栈里面。相比于乌镇,我更加喜欢西塘,一本小说里面的地方。小地方也有不一样的美丽,正如此地,我见到了另外一份不一样的感情。

这次我开上了自己的吉普车,带着我的哈士奇开启了一段旅程,行走在路上。

到达乌镇已经是晚上,没有大都市的霓虹闪烁,这里反而显得宁静许多,为了不破坏这里的氛围,我很自觉地下车步行,带着哈士奇寻找休息的客栈。

第一次来到如此宁静的地方,我仿佛被洗礼了一般。灯笼挂在河道上面发出微弱的光芒,乌篷船已经休息,无狗吠,无鸡鸣,整个世界都安静了。

"乌镇酒吧,天空之城客栈?"我带着哈士奇走了十几分钟之后,在河道的尽头看到了两个具有巨大风格差距的建筑,我想不到酒吧竟然还能和客栈搭在一起。

客栈是这条路的尽头,门前极为明显的是一台钢琴,但只有两个人的座椅,没有琴键,上面坐着一个满是胡茬的男人,头发扎在脑后,手里抱着一把红木吉他。

"让我再尝一口,秋天的酒,一直往南方开,不会太久……"他刚开口,声音很是沙哑,这种声音更适合低吼,释放那种不安与躁动,也很适合民谣,不过这把吉他……略骚。

我听他唱完了这首歌,身边的哈士奇乖巧地陪着我。《安河桥》结束之后,这胡茬男人也看向了我们。

"住房吗?进来吧。"这男人把吉他背在身后,很是潇洒,我笑了笑跟了上去。我理解这些弹吉他的歌手,非常有个性,当初我弹吉他的时候,为了在学校里面引人注目,也摆出一副很酷的样子,铆钉衣、长筒靴、皮裤,然后在酒吧里面尽情嘶吼,那种释放青春的感觉,真的很棒。

不过多年以后再想起来,那个时候的热血才是自己最缅怀的。

"我住一星期,怎么算?"我直接拿出了自己的身份证,老板看了我一眼,并没有接过去,而是将柜台上面挂着的一把黑色吉他递给我。

"会吗?来一首,房价我给你打折。"我并不喜欢在外面炫弄自己的吉他水平,世界上比我厉害的人太多,而且我也只是业余水平,根本不精通。

"会一点。"我接过吉他并不是因为想要房价打折,而是在这个商业化的城市之下,哪怕乌镇也难以保持最后的清净,唯有这家店,没有安装任何关于网络订单 App 之类的东西,这是我走进这间店的原因。既然来到古镇,我就不喜欢通过手机来寻找休憩的地方,最原始的方式才吸引我。

"《天空之城》。"我调了一下琴弦,开始弹奏起来,这首歌很经典,李志并不是我喜欢的一个民谣歌手,但这歌词,我真心喜欢。

民谣歌曲最打动人心的,往往就是淳朴的歌词,关于爱情的更加容易让人记住。我笑了笑,节奏渐入佳境。

这首歌中我最喜欢的一句歌词是"港岛妹妹,你献给我的西班牙馅饼,甜蜜地融化了我"。

唱到最后,我发现自己的眼角已经湿润。这首歌,让我想起了她,"我们曾经拥有的甜蜜的爱情,疯狂地撕裂了我,天空之城在哭泣"。

在那一刻,歌声撕扯着我的灵魂、心脏、整座心中之城。

"原价一千，给你打一折，住一个星期，这是房卡，吉他还给我。"店主很爽快，但我从背包里面拿出了一千块钱。

"我答应你唱歌是因为你的环境，返璞归真，我喜欢信马由缰的自由，喜欢这个地方的平静，跟钱无关。"我将钱放在了桌子上，他却拉住了我。

"等一下，你看看吉他上面的字。"

"倾城，薇薇？"我看着吉他版上面雕刻着的两个人的名字，"你叫倾城，那薇薇呢？"

我很快就猜测出来了，所以根本不用确认。

"这钱你还是拿回去吧，你唱了我不敢唱的歌。"说着，倾城只拿走了一张钱，同时把我手上的吉他拿了回去。

我有些无奈地接过来，随即拿着房卡走了上去。

2

走进了房间，里面的风格很复古也很干净。夜色已深，我却听到隔壁传来微不可察的娇喘声，我擦了擦额头的冷汗。

这房间隔音效果不太好，而且用脚趾头想想就知道隔壁在干什么羞羞的事情。

声音愈加放肆，我戴着耳机把声音调到最大，哈士奇躺在床上仿佛快崩溃了。

"结束了？"我看到哈士奇如获新生一般地站了起来，我也如释重负地摘下耳机，却听到隔壁撕心裂肺的声音。

打开房门，一个风一般的男人直接从我门前跑过，抓着自己没有穿好的衣服离开。

"什么情况？放完'鞭炮'就走了？你们这是扰民，我能不能举报你们？"我碎碎念着走出房间，发现两个女人先我一步走进了隔壁房间。哈士奇一愣一愣地跟在后面,隔壁房间里面闲庭信步地走出来一只金毛。

我心中大呼不妙,完了,我家哈士奇要沦陷了。

"发生了什么事情?"我淡定地走进隔壁房间询问道,可一回头发现哈士奇不见了……

"我是隔壁的房客,刚才听到这姑娘哭得撕心裂肺,于是来问问。"我微笑着说道,为了掩饰全程听到那种尴尬的声音。

"没事,打扰到你了。"房间里面的那两个姑娘应该是这个女人的闺密,一个留着干练的短发,戴着金边框眼镜,看着是比较果断的职场人士;另外一个则是披着头发,波浪微卷,最动人的是她那嘴巴,唇红齿白。

"没关系,确定没事我就回去休息了。"想想也是,陌生人来打听这种事情,肯定问不出什么。

"二哈,走啦,公狗多得是,改日我给你整一只藏獒。"我说着,拉着哈士奇的头让它回房间。

"诶,你家哈士奇母的啊,认识认识,我的小乖是公的。"我心中有一种极度不好的感觉,玩完了……

我笑着回了一声,很是自然地询问起对方的名字,为了了解这里发生的事情,我也不惜把哈士奇的幸福交出去了,但事实是后来我跑得比兔子还快,以至于没有让它遭受毒手。

作为一只懒虫,我自然很会唠嗑,虽然比不上话痨薛之谦,但套话的水平还是可以的。

终于,在外面挨了半个多小时冻之后,我获得了进去的资格,身份是:冒牌金牌摆渡人。

讲实话,我自己是想笑的。

事情的经过是这样的,这个叫作小秋的短发女孩已经给我讲了一遍,他们三女一男来这里旅游,女孩自然和男朋友住一起,但没想到被夺走了第一次，接着惨遭分手。

　　这对男女朋友在一起不到一年，不过在许多人眼里，这两人绝对是天造地设的一对，很合得来，平时也不会吵架。

　　既然选择了付出自己的身体，就要做好受到伤害的准备，其实最不能相信的就是男人的甜言蜜语和承诺。在这个青春年纪里面，没有所谓的守身如玉，只有心甘情愿的付出，接着就能确定这个男人是真的爱你，还是在玩你。于是我见到很多人用自己身体去考验眼前的男朋友对自己的爱。

　　我并没有急着去询问受伤害的女孩，而是和边上两个女孩攀谈起来，了解消息，任由那个受伤女孩独自哭泣。

　　这是一个过程，开始的选择不管是否愿意，就要做好被撕裂的准备，接着就是见证结果的时候。显然女孩对男友的考验失败了。我无法评论这种感情，不知道是否值得，灵与欲的结合，灵魂与肉体的碰撞，总是女孩受伤害。或许她会在另一方面得到慰藉，寻找到真正爱她的男孩；或许是身心俱损，失去一切。

　　如果失败了，她将会有很长一段时间难以走出，渐渐沉沦，哪怕有一天想开了，但这种伤害是永远的，感情里面最难修复的就是信任，被伤害过一次之后，下一次就不会再去相信。

　　爱情就好像是一场赌博，赢了是幸福，输了就一败涂地，没有任何的公平可言，付出灵魂，也不见得能得到对方的心。

　　时间停在了十二点钟，女孩也哭累了，在闺密的安慰之下沉沉睡去。

　　"哭累了就让她休息，这种撕裂的痛苦，不只是肉体上，更是灵魂上的。"我指着自己的心脏，这个女孩或许比我经历的更加深刻。

　　当被自己很信任的人夺走了最珍贵的东西，你会发现原来自己像是被世界抛弃了一般痛苦无助，显然这个女孩就是这样。

3

第二天我了解到,那个被伤害的女孩叫花花,长头发女孩叫胜男。我并不着急当这个摆渡人,这种感情重要的是花花自己去想,而且事情就发生在昨天,根本不可能马上安慰好她,骗骗自己或许还可以。

白天我没有带着哈士奇,这傻子被金毛迷得到处乱蹿,我第一次看到我的哈士奇如此兴奋,满客栈地跑,好在这地方不大,而且人也不多。

胜男和小秋一直陪着花花,我则是和老板聊起天来。

他在乌镇五年了,这家客栈并不盈利,房价贵,也没有开通网络订房,来乌镇的人都不会选择这里,这家客栈的存在是为了等候一个女孩。

我猜那个女孩应该是薇薇。

"这家客栈的租期马上就到了,我也该离开了,在这里等了她五年,她迟迟没有出现,我应该去别的地方等待了。"倾城苦笑着看着外面,我则看着那台没有琴键的钢琴。

"你守在这里等着她,是不是曾经有一段刻骨铭心的爱情?"其实不用我问,他自己已经暴露了。

我看到了一个坚强的三十几岁的男人泪流满面,所有的情绪都被我的一句话触动,原来这段埋藏在心里五年的爱情,那么苦。

倾城在大学的时候和薇薇认识,走出了大学,他们并没有像其他情侣一样分手,而且选择了在江南定居。三年时间里他们都在嘉兴打拼,倾城的家境并不好,而薇薇家里开公司,父母不同意这段感情,为薇薇定了豪门婚姻。

听到这儿的时候,我是无奈的,嘴角也是苦涩的,发生在小说故事里面的感情,没想到有一天会在身边演绎,这是多么嘲讽的一件事情啊。

二十六岁的时候,薇薇被自己的父母强行带走,而前一天晚上,薇薇将自己的身体交给了倾城,灵与欲的结合,身体与肉体的碰撞,告诉倾城,这个女孩深爱他,愿意把自己的一生托付给他。

我一直觉得肉体碰撞只是形式,最终都是为了灵魂交融。薇薇走了的五年时间里,他们的灵魂没有分开过,心是紧紧连在一起的。那一夜,薇薇听着倾城的心跳入眠。

"我想在离开之前,记住你的心跳,你的整个世界都在为我跳动,我爱你。"

薇薇走了,彻底地离开了倾城的生活,他们在那一天断了联系,倾城却总觉得她还会回来,用三年来和薇薇存下的钱盘下了这家客栈,五年如一日地坚持,但薇薇一直没有出现。

"其实这家客栈在三年前就被收回去了,但那天我准备离开的时候,房东告诉我说一个男人帮我交了三年租金,才让我继续留在这里。"

"或许那个男人就是薇薇派来帮你的,她一直守护在你身边,只是在你看不到的角落而已。"

薇薇的爱无声而热切,为了自己深爱的男人不顾一切,而倾城也没有辜负薇薇的爱,这段爱情是伟大的,却也是悲哀的。

夜晚很快降临,我裹紧外衣走到了外面,哈士奇玩了一天终于舍得陪在我的身边了。

走在夜晚乌镇的道路上,乌篷船依旧沉睡在河面上,不远处,我看到了一个披着头发的女人静静坐着,用自己修长的手指拨动着水面,推开一圈一圈的波纹。

我来到了长发女人的身后,这个方向刚好可以看到倾城的客栈,她的身边是一棵巨大的樟树,樟树的遮蔽使夜色变得更加朦胧。江南水乡,真的很美,那一刻我仿佛置身于仙境,风不冷人不躁,舒展于这个宁静的世界里面。

长发女人转过了头,朝我微笑了一下。我一愣,想到白天倾城给我看过的照片,淡淡地笑了。

4

我没有着急回客栈,委托小秋照顾好我的哈士奇,我就走进了隔壁的酒吧。

这里的气氛很是平静,没有舞池上面舞动腰肢的人,没有拿着酒杯到处勾搭美女的人,没有打架斗殴、酩酊大醉的人,有的只是文艺。

或许这种酒吧只会出现在这里,在这宁静的江南小镇,感受着另外一番不同风格的酒吧,释放心里另外一种不同的感情。

"来一首吗?"刚才河边的女人戴着口罩和黑色帽子站在我身边,目光却在台上的吉他手身上。我笑了笑,她身上的香水味太独特,不用看就知道是她。

"你打赏吗?"我咧嘴一笑,露出大白牙,随即跳了上去,不用回答,心里很明白,这个时候就考验情商了。

"《天空之城》。"

音乐响起,昨天在客栈里面弥漫的情绪,加上今天听完倾城的故事之后憋在心里的那一种情绪,不断积攒放大,我的眼角很快就湿润了。

我并不是一个会释放情绪的人,很多时候都把自己的情感深埋于心,通过行走去看这个世界的美好,在渐行渐远的过程中淡忘,而不是在念念不忘中忘掉,这也是我忧郁的大部分原因。

一首歌唱完,我眼角湿润,只是一直憋着怕丢人。

扔下吉他,我毫不犹豫地冲出了酒吧,冷风一吹,眼角的泪水便干涸了,那一刻,我的心脏很痛。

"这是给你的打赏，还有这个是倾城客栈的五年租金。"女人递给我一个包，里面满是红色的人民币，我朝着她笑了笑，这笔打赏钱不少，有好几万。

我赞叹女人的出手阔绰，拍头才发现，她已经泪流满面。

相爱的人明明相隔不超过十米，却不能相见，我看着倾城在客栈里面弹吉他，而我和薇薇就站在河边，那么短的距离，却好像隔了一道天堑。

"为什么不去见他，你能出来，家里的感情不是解决了吗?"这是我的一个疑惑，刚好倾城抬头看着我，他满脸错愕，而我微笑了一下，心脏却是扑通扑通直跳。

"解决了，我没有和他结婚，但父母也不让我和倾城见面，于是我努力工作创业，开公司摆脱了父母，这些年我也默默关注着他，看着他在坚持。"薇薇哽咽地说道，她目光流离，泪水如同珍珠断了线一般落下。这些年他们两个人都辛苦了，相爱不能相见，隔着遥远却又近在咫尺的距离，仿佛是两个世界。

倾城无声地走到了薇薇身后，我点了点头，一瞬间，倾城抱住了那个泣不成声的女孩。

"薇薇，我知道你在这里，你不要走了好不好，我爱你，我娶你，别人能给你的我也能给你，别再走了，我真的好想你。"倾城再次哭了，一个大男人哭得比谁都狼狈。

我默不做声地离开了，买了几罐啤酒很是忧郁地坐在河边，看着小桥流水人家，让时间缓缓流入生命中，然后温柔与宁静交融，热泪混合着难喝的啤酒落肚，心中满是那个笑颜灿烂的女孩。

后来我的确和她断了联系，就像陌生人一样得不到任何消息，两个人的生命线也平行了。

故事里面的时间很快啊，只是一个数字，可真正经历时，却是度日如年，时间仿佛静止了一般。

河边堆满了喝空的酒罐,哈士奇摇着尾巴走了出来,而我的目光已经迷离,灯笼出现重影,乌篷船出现重影,我多么希望那个女孩,能穿着白衣出现在我的眼前,告诉我还爱我,和好吧。

我抱着哈士奇哭得像个孩子,原来我也没有想象中那么坚强,这是我在分手之后第二次哭。

哭得累了,回到客栈倒头就睡,我不知道薇薇和倾城的感情怎么样了,至少两个人见面,让这段相隔五年的爱情,再一次接轨。

世界上最痛苦的不是我爱她她不爱我,而是明明相爱且近在眼前,你却不知道我爱你。

5

倾城告诉我薇薇脱离了自己的父母,再等一段时间就能和他重新在一起,他们也会把这家客栈彻底买下来,然后过自己的小日子。

薇薇是高高在上的公司老总,倾城是一家客栈老板,但在爱情里面,没有高低,只有我爱你,你爱我。

花花难受了四天,我没有说任何话,终于,她们要离开乌镇了,离开前我写了一封信交给小秋。

"你用自己的身体告诉自己那个男人不爱你,注定了会遍体鳞伤,或许未来你会遇到更好的,但身体与灵魂上面的创伤是永远不可能愈合的。女孩坚强一点,爱情没有那么不牢靠,一次的失败,不代表一辈子的失败,世界上有那么多人,你肯定会遇到愿意守护着你的人。

"身体只是形式,爱你的是心脏与灵魂。

"世界上美好的东西太多,一个人也可以生活得很好。证明爱的不是形式,不只是占有,而是爱与被爱都能够相守,太轻易得到的就容易失去,感情最甚,这或许也是成长。在感情这条路上,你要先学会保护自己,然后再学会爱别人。

"我不否认你的爱很伟大，但越深沉的爱，不也是越痛苦吗?

"不知道你要多少时间才能想开，或许一年，或许一辈子，不过请别对爱情绝望，你会遇到更好的人，美好的生活还在等待着你。"

署名是"一位冒牌金牌摆渡人"。

这段文字写得并不算好，我也没有思考太多，因为此时的我也是脆弱的，离开那座城市已经三个月了，可每日每夜还是心如刀割。

不过希望爱与被爱最后都能相守，像倾城与薇薇一样，像朴泊和团子一样，像许陆和小月一样。

爱的方式有很多种，但在保护好自己的基础上，再交与全部的爱，别爱到最后伤自己最深。

我离开了乌镇，不知道花花最后怎么样了，这封信我交给了小秋，请她等花花冷静一点儿再送过去。

也不知道倾城和薇薇怎么样了，一架钢琴与一把吉他的爱情，爱得悲凉无奈。

很多时候，时间是证明爱情最直接也是最明显的东西，可很多时候，我们都不愿意让时间去证明，等待太苦也太难熬。

金毛也走了，那天我牵着哈士奇走了很远，目送着他们离开，或许狗狗之前的友谊就是爱情，他们不相信一见钟情，可能就是喜欢对方身上的味道，同样，我也羡慕起哈士奇的生活，简单平凡，没有撕心裂肺的痛苦，没有舍弃一切去爱这个世界的洒脱，在它们眼里，肉与另一只狗，就是它们的全部。

很多时候我也希望自己的生活能够平淡点，不再有那么多的伤心痛苦，活得快乐，才是生活中最美好的幸福。

我摸着哈士奇的头，夕阳照在我们的身上，晚风拂面依旧有些凉意。

6

　　我开着吉普离开了乌镇,在路上的旅程还要继续。离开这座伤心的城市,带着我曾经的爱离开,或许有一天在路上会遇到更好的人,或许哪怕我走遍了整个中国也忘不掉她,或许吧,这份爱太沉重,我也时常问自己,真的有那么爱她吗?

　　也许爱不太沉重,没有经受住时间的考验,抵不过岁月的侵蚀,但也是生命里的回忆不是吗? 我相信倾城和薇薇会过得很好,毕竟五年的等待,考验了这份坚贞不渝的爱。

Chapter 13

火车票的青春，
那是爱的印记

一张张泛黄的火车票，是我青春对你的爱；一页页记录心情的日记，是我平凡生活里的期待；你一句句话，是我整个世界的希望。

1

一个长发女孩站在火车站的月台上，沉重的行囊压弯了身体，硕大的背包和瘦弱的身体不太协调，她拉着旅行箱走得很慢，但每一步都很坚定。

"现在又不是节假日高峰期，背那么多东西上火车干吗？"我很疑惑地看着那边。长发女孩孤独的身影在火车尖啸的声音中显得很单薄，她艰难地将背包上面的东西放了下来，但旅行箱却滑动了起来。她被带着摔倒在了地上，背包滚落在地上，散落出一堆火车票。难道是卖火车票的黄牛？但这么大的背包是不是太明显了一点。

我心里虽然想着，但也脚步不停地走了过去帮忙，女生很艰难地扶着自己的旅行箱，拉着背包，在地面上捡着火车票。

"谢谢啊。"她没有抬头。我发现火车票上的站名都是一模一样的，基本隔七天或者半个月的时间，从三年前到今天，总共一沓。

"你这是要去哪？看你的样子，是大学生吧？"我淡淡地看着她笑。她很阳光，只是很轻松地说了一句："去看我的男朋友。"

后来我知道她叫小雅，每个星期都会这样大包小包地去看自己的男朋友，然后在那里待一天再回来。这背包和旅行箱里面的东西是给她男朋友准备的，都是画画需要的东西。

"你这样不累吗？火车得两个小时，不会太辛苦吗？"我随即问她。她却微笑地看着我，告诉我很值得，因为她男朋友告诉她，等他画画出名了，就可以养她，她就不用那么辛苦了。

我忽然自嘲般地笑了笑，没有说话。

火车很快到了，因为我们是同一班次的火车，我再一次绅士地帮她把背包拿了上去。我这才想起来，我和她的目的地也一样，都是坐两个小时的火车。

"谢谢你啦,你是一个好人。"她笑得很天真、很单纯。朝她点头之后,我就坐到了自己的位置上面。

火车飞驰,带着凌厉的风声,呼呼地吹起满地尘土,那是她对他的爱,他对她的承诺。不过我觉得这种承诺像是窗外飞驰而过的景色,无法抓住,哪怕回头再看一遍也不一样了。

"你们在一起多久了,好像是异地恋啊?"我闲得无聊,这才再次看向了她。她目光流转,显得很不安、很惶恐,好像在期待着什么,又好像在害怕什么。

"我们在一起五年了,高二到现在大三,高考之后我们就是异地恋,他是艺术生,我是普通本科生,所以分隔两地。因为艺术生开支比较大,学校的补助也不够,所以我就兼职打工帮他追梦,时间久了也习惯了。"

她好像是打开了话匣子,很开心地朝我讲述着她和她男朋友的一些事情。

我了解到,她男朋友叫林庭轩,我忽然想到了一句诗,半雅半粗器具,半华半实庭轩。

她告诉我每周回去她男朋友都会陪她,用自己卖画的收入给她买吃的,她则是努力工作用一部分资金支持男朋友的梦想。

这三年间林庭轩一直很努力,踊跃参加学校里面的活动、比赛,用自己的作品证明自己,虽然这三年他都没有被人认可,但是他一直坚持着。

这一直是梦想的意义,哪怕路途多么艰辛,也不能忘记自己的初衷、陪伴自己在路上走的那个人,以及自己所做出的努力,相信在未来一定会得到自己应得的回报。所以请坚持自己的梦想,总有一天会实现。

2

　　火车停靠在了站台,我目送着她离开,忽然有一种错觉,我们的一生就是在这样不断的目送中消逝,然后谁也抓不住谁。

　　小雅和林庭轩三年的感情就是在这样的目送中交融,在这种不舍和下一次的期待中加深,这种感情需要双方的信任去维持,这也是我这一段旅程中看到的最艰难的爱情。

　　异地恋一直都比陪伴在身边不靠谱许多,看到他们能够努力维持自己的爱情,我想他们肯定会很幸福。

　　离开了火车站,我再次看到小雅站在街头,一副茫然无助的样子,可能是在等候她的男朋友。

　　好奇心驱使我站在她的不远处,静静地看着她,想要看看林庭轩长什么样子。

　　等待了将近十分钟左右的时间,我看到一个留着杂乱胡子的男人和小雅拥抱了一下,然后接过了她手里的背包和旅行箱。我这才看到,他是开着车过来的,一辆白色的桑塔纳,价值十几万元,一个靠女朋友接济的人怎么可能买得起这种车?看到小雅疑惑的样子,林庭轩随即笑了笑拍着她的背,看口型应该是说向同学借的,专门来接她。

　　我也能猜测到,上次小雅来的时候,并不是这个方式,看样子林庭轩对女朋友很用心。想到这我也心满意足地离开了,毕竟两个人过得那么开心,互相信任,我也该开始自己在这个城市的旅行了。

　　就在我在路边等候出租车的时候,人群中忽然有些嘈杂的声音传来,一声咆哮还有紧接而来的哭泣声让我愣住了。那哭的声音太熟悉了,不正是刚刚分别的小雅吗,发生了什么事情?

　　我疑惑地走过去,发现小雅一个人蹲在地上,行李散落一地,周围都是围观的群众,很是难堪。

而林庭轩身边多了一个打扮时尚妖艳的女人,鹅蛋脸、柳叶眉,一双杏目让人看了很不舒服,讲话很难听刁钻。

"你这个女人真没素质啊,满嘴喷粪的干吗?"我走过去把小雅拉了起来,将她护在了身后。那女人丝毫不打算放过这个机会,再次嘲讽起来。

"原来是有小情人呢,那我和庭轩也算是名正言顺了。"这女人很大方地拉着林庭轩的手臂,接着打开了白色桑塔纳的车门,坐了进去。

林庭轩不知所措地站在原地,不知道在想什么。

"小雅……"他抬起手想说什么但什么也说不出来,只好从自己的口袋里面拿出了一张卡,"里面有三十万旅游,是她给你的,谢谢你这五年的陪伴和三年的支持,可我不需要了。"

林庭轩说完之后坐上了副驾驶,那女人最后依旧很高傲地看着小雅,冷哼一声后驱车离开。

"这女人什么玩意儿,素质真低,这男人也是没骨气,为了一个狐狸精抛弃那么好的女朋友。"

"没错,这男人眼瞎,这女人也是不要脸。"

"真心疼这小姑娘,现在这大学生都是什么样子,以为家里有几个钱了不起了?"

……

人群里面不断传来激愤的语言,全都是抨击刚才林庭轩和那个女人的。我没有说话,小雅蹲在地上抱头痛哭,我只能守着她的行李慢慢等着,毕竟她一个人在这里我也不放心。

我看到她打开的背包里面藏着一本硕大的书,还有一沓厚厚的火车票,最上面的就是今天的这一张。

一百多张火车票静静地躺着,是那一段青葱岁月爱得深沉的见证,那是一个女孩对未来的向往,对那个男孩的信任与爱,结果也敌不过名利金钱。

那一本厚厚的书翻开第一页,我就知道是记录这五年来小雅和林庭轩在一起的点点滴滴的。

"2011 年 3 月 25 日,今天好开心啊,我喜欢的那个人向我表白了,原来故事里说的都是真的,丑小鸭、灰姑娘也是有人疼爱的,我也很喜欢他呢,以后我们要考同一所大学,然后一直一直在一起。"

"2011 年 9 月 14 日,今天是我十七岁生日,他送了我一幅自己画的画,里面的那个长发女孩就是我,像仙女一样,而他则是躺在草地上的少年,他抬头看着我,明媚如春光。"

"2011 年 12 月 8 日,我和他吵架了,吵得不可开交,因为我把他的画板弄坏了,我也不是故意的,但是他却不原谅我,还要和我分手,感觉好委屈。"

"2012 年 3 月 25 日,今天是我和他在一起一周年的日子。但是他却忘记了,还和同学去聚会,喝得酩酊大醉之后回来打了我,这是他第一次打我,我很难受,想放弃可是又舍不得,第一次感觉到孤独。"

"2012 年 10 月 31 日,我终于把自己交给他了,他告诉我会养我一辈子,会给我想要的生活,会好好努力画画给我一个未来,好开心,不过第一次真的好痛。"

"2014 年 3 月 11 日,他终于在学校的帮助下举办了第一次个人画展,舞台上的他万众瞩目,好多人都喜欢他,突然害怕有一天他被别人抢走了。"

"2015 年 10 月 16 日,他对我的感情冷淡了许多,视频聊天也被拒绝了,一直说自己在忙,去了他那边也不来接我,好久没有看到他了,好想他。"

"2016 年 1 月 23 日,他外面有人了。"

最后一页定格在了这里,我心里猛然一震,原来她全部都知道。小雅在开头写了自己的信息,最显眼的就是那一句标准双子座女孩。

看到"双子座"这三个字的时候,我承认自己的心脏被碰撞了一下,有些刺痛,不过很快就释然了。

3

我将本子放回了她的背包里面,再次拿出了火车票,每一张上面都写着数字,翻了一下我就知道是第几张,从 2013 年 10 月开始到 2016 年 3 月,那是青春的痕迹,但这却成了撕裂小雅的东西。

"休息一会儿吧,为这样的男人不值得。"我拍着小雅的肩膀,周围的人已经散去了,在人来人往的火车站她就像一只孤独的丑小鸭,看惯了世人眼光的我倒是淡然,只是静静地等候着她。

一个多小时之后,小雅终于哭累了,一屁股坐在地上。我眼疾手快地拉住了她,带着她坐上了出租车。

将她带到之前订好的酒店,送她进去之后我也离开了,为了让她放心一点,我留了一张字条:小雅,我是小七,因为有事先离开了,感情的事情我没办法插手,如果有需要可以给我打电话。

留下了号码之后我就离开了酒店,看着手机上面十几个未接电话我心里一惊,平时不喜欢开铃声的习惯成了我今天的死亡信号,希望不会被骂死。

我迅速坐上了出租车到达约定的地方,刚走进去就被一个气势汹汹的人扯到了位置上。

"七哥,你迟到了一个小时三十一分钟二十七秒,而且你这是第十一次放我鸽子了,还好我有耐心没有走,说吧,这次怎么补偿我。"说话的是我眼前的一个刁蛮小公主素素,跟她认识三年多,她一直强势无比,我害怕的人里面有她一个。可我也毅然决然地多次挑衅她,结果自然是被破骂一顿接着请她吃饭。

"请你吃饭。"我很套路地说了一句已经重复了无数次的话,可她这次却不买账,拉着我的手说:"不行,这次这话不行,你得送我一个礼物。"

素素喊了服务员把东西点好之后,我才发现她眼前竟然有四个杯子都是空的,这妮子喝了那么多的柠檬水?

"这东西送你,我刚在路上捡来的。"摸透她的套路的我,早已经准备好了一份礼物,经过三年的考察,她最喜欢口红,所以我迟到十一次送了十一次口红。

"素素,你在这里,这位是? 男朋友?"就在我把口红送到她手上的时候,身后一个惊讶的声音响了起来。

回头一看,我发现这一男一女就是刚才火车站的林庭轩还有那个刁钻的女人。

"是你?"女人厉声惊呼,我只是无奈地点头示意了一下。

"姐姐你们认识啊?"素素不嫌事多地跑着过去拉这个刁钻女人,此时的我才是懵的,认识三年我怎么不知道素素有一个姐姐?

"不算认识,就是某人多管闲事碍着我了。"女人趾高气扬地坐在了我们不远处的那一桌,素素没有理会她,跑回来看着我,希望我给她一个解释。

我随即把事情经过讲了一遍,没有任何加水的成分,但那个女人听着直接要爆炸了,杏目瞪着我,几乎想要吃人,林庭轩拉住了她,她才没有发作,最后在对方的劝慰之下离开了这家西餐厅。

"哇! 哥哥你好淡定啊,姚姐可是出了名的泼辣,爱她的男人千千万,害怕她的也千千万,她身边这个好像是他们大学著名的画家,应该是姚姐的第二十六个男朋友了。"素素说到最后让我差点喷出一口水,我突然为林庭轩感到悲哀了,二十六个男朋友,那么目测还会有二十七个,而他将会光荣地成为前男友。

"著名吗? 在大学里面有一点名气,拿不出作品,只是浪得虚名罢了。"我淡淡地笑了笑。菜很快上来了,吃好之后我和素素再讲了好几句好话,这才摆平了这妮子。

"七哥,你带我玩玩呗。"素素忽然看着我,姿态妖媚,美女的诱惑我是抵挡不住的,但手机却在此时响了起来,接通了之后才发现是小雅打过来的。

"那个……我身上没钱,能不能借我点钱吃个饭?"小雅的情绪似乎稳定了许多,声音有些沙哑,但也很平静,不过想吃东西应该是好了点了。

有了小雅的这个电话,我好像抓到了救命稻草一般,告别了素素直接逃也似的离开了。

女人逛街很可怕,所以千万不能答应。

4

我到了酒店,看到小雅一个人坐在床上抱着双腿,双眼哭得通红。

"哭了多久? 醒来又哭了?"我缓缓问道,并不着急,吃东西或许是一种释放的方式,但我怕她暴饮暴食折磨自己。

"嗯,很难受,但是肚子饿。"小雅直接逗笑我了,我无奈地摇了摇头,随即带着她去吃饭。很多事情我们都没办法插手,例如感情,所以倒不如做一个旁观者,或者做一个摆渡人,这样会更好一点。

被抛弃的方式有很多种,而这种被背叛的感觉最为痛苦,仿佛深爱的那个人用刀子一点点将你割开,让你走向癫狂。

我带着她吃了一餐之后,再次将她送回了酒店,此时的她情绪还不稳定,我也没办法多说什么,五年的爱情说破碎就破碎,换作任何一个人都没办法接受。

"你陪我聊会吧,我心里很难受,在去年就知道他有别的女人了,可我还很傻很天真地相信他还是爱我的,没想到今天他竟然当着那么多人的面跟我说分手,好痛苦。"小雅说着,眼角的泪水再次忍不住流了下来。

"你知道了，但是装作不知道的样子，其实已经在这段过程中让自己慢慢地放下，现在的你只是承受不住那一刻的冲击不是吗？"我淡淡笑着，她知道林庭轩外面有女人的时候已经是半年前了，这半年的时间她想了很多，在这种过程中我相信她能渐渐放下这段让她刻骨铭心的爱情，让情绪慢慢释放。

在她知道的时候肯定很心痛，但时间是最好的解药，会慢慢治愈那一颗被伤害的心。

在这三个人之中，其实林庭轩才是最失败的人，初恋被伤害最后离开了他，那个叫姚姐的女人也会离开他，所以他是三人中的失败者。

"对啊，我很乐观的，双子座就是要把所有的事情埋在心里，被伤过一次，下一次就不会啦，所以啊，我应该可以很洒脱地放下，当一个帅气的大侠，毕竟美好的时光还那么长，我怎么能为这一段失败的感情难受。"小雅笑着，但心里面的那一种痛苦谁也没办法分担，撕裂般的痛楚，哪怕是我也没有经历过，自然没办法体会。

我点了点头，苦笑了一下，看样子她能治愈自己的伤口，但这样的治愈也是痛苦的，一个人承担生活里的所有。这和我第一次看到的那个天真微笑的女孩很像，也和第一次见到小雅的时候一样，小雅笑得很灿烂，仿佛生活中没有任何一件事情能够难倒她。

"既然你没事就好了，那我就走了，千万不能做傻事啊。"我笑着离开了酒店去忙自己的事情。

5

再次见到小雅，已经是一个星期之后了，那时候的她剪了一个短发，很精练，看到我的时候依旧笑得灿烂，但我依旧能够看出她笑里面带着的心酸。

我不知道她这一星期经历了什么，再次见面时候，我和她已经回到了家乡。

"怎么,你在那里待了一个星期?"

"在那里待了一个星期,走他走过的路,然后彻底放下,在离开的时候,以前的我已经消失了。所以啊,我可以生活得更好,自己赚钱自己用,我可以拿那三十万自己旅游、创业,完成自己这五年未完成的梦想,不是吗? 这样挺好的,一个人独来独往很帅气。"

小雅捏着拳头,笑呵呵地说道。

就在我们聊天的时候,小雅的电话忽然响了起来,上面的名字是林庭轩。

"接吧,既然放下了,那今天这个电话就当是最后的告别了。"我说完之后,小雅也接起了电话。

"小雅,我们和好吧,我错了,我对不起你,求你原谅我一次,对不起!"林庭轩大喊道,我听得一清二楚,小雅看向我,我知道她心软了,而我什么话也不能说,五年的感情,两个人之间的事情,我这个旁观者无权插手。

"对不起,回不去了,从你背叛我的那一天起,这段感情就注定走到了尽头,你应该感谢我还能装作什么也不知道地陪着你。当你说出分手的时候,我就已经彻底放下了,所以再见,希望你好好生活。"小雅说完之后,直接挂断了电话,但她已经泪流满面了。

"这里很痛,但又不得不舍弃是吗?"我指着自己心脏的位置问道。

小雅流着眼泪点头回答,这是一个过程,注定会让她成长,这种果断决绝,就算最后林庭轩来烦她、骚扰她,也只会渐渐从喜欢变成厌恶。

她说得没错,这段感情从背叛开始,就已经一败涂地了。

"好好生活,让自己忙起来就可以忘掉了。"我笑着离开了,只要小雅能够从这段感情中走出来,就足够了,毕竟我是见证了这段感情破裂的一个人。

所有的感情之中，最难以走出来的就是爱情，最容易走出来的也是爱情，最重要的是内心如何权衡这种来自青春的历练。

6

我一个人走在护城河边，看着萧瑟的风在平静的河面卷起丝丝波纹。像是我们的青春，偶尔扔下一块石头泛起的浪花就是生活里面的小波澜，然后回归平静。在这样的行程中，我多希望有无数石头落入生命，也希望就这样淡淡地流到生命尽头。

后来小雅告诉我，林庭轩来找她了，烦了她很多次，但是也没有和姚姐断了联系。

他们只是利益上面的交易，而林庭轩失去的是陪伴自己多年的爱情。

"你注定要失去这段爱情，是因为你的背叛，你失去了最爱的人的信任，想要修复几乎不可能。更何况这种青春爱情，适合怀念不适合永远，所以这就是你该付出的代价。"我插着口袋出现在了林庭轩的后面，他不明白自己名字的含义，在一条背叛的路上越走越远，偏了轨道，就很难再走回来了。

"关你屁事，滚！小雅，对不起，我对不起你，求求你原谅我好不好？我重新追你一次，你等我好不好？"林庭轩想要抱住小雅，但是被一巴掌甩开了。

"我不准你对我的朋友大喊大叫，你没有任何资格，向他道歉，然后永远离开我的生活！我也不会答应你，因为你真的很可恶！"小雅厉声说道，这是我第一次看到她生气，和平时那个微笑可爱的女孩不一样。我耸了耸肩转身离开，话都说到这种地步了，这一段感情也终于泯灭了。

我原本以为林庭轩能够通过自己的努力把小雅追回来，但两个人注定了不合适,一个背叛,一个沉默,两个人哪怕在一起也擦不出火花,终将成为彼此生命里的过客。

一段感情就这样飘散,那曾经一张张爱的火车票,那一天天爱的日记,也会消失在这场分别的大火中,在互相灼烧的过程中,彻底消失,可能小雅会轻松一点,但也难受。

杂 记

1

即将 2018 了，时间过得很快，来不及回忆，就要写下这篇文章。暂且不用回首这个词，因为 2017 年还没有过去，还有一个星期。

这是 2017 的最后一个星期，这一年发生了太多神奇的事情，且从 1 月说起。

2017 年元旦，当天凌晨，我发了一条一千一百字的说说，她点赞了。那个时候她还在我身边，至少我们还和想象中那样，很好，很好。1 月 18 号，说了散场。还有十天就春节了，我失去了所有机会。

感情这种事情本就说不清楚，可能下一刻，你就放开了她的手，也怪自己太年轻。

与她的感情，说起都是回忆，也仅仅是回忆。我们无法让时光倒流，哪怕让时光倒流，我们依旧无法生活得很好。因为那个时候的我，还是我，以至于后来，我一直将她放在心里最柔软的地方，每每提起，也是一副云淡风轻的模样，因为那是过去。

假如你问我忘记她了吗。

我会说没忘。

今年我不知道写了多少字，一百万字？两百万字？还是三百万字？记不清了，我甚至连 2017 年上半年写的书都忘记了，因为记忆淡了,就在时间温柔流淌的过程中,逐渐被刷淡了。

或者说我已经记不起她的模样,可我依旧记得在电影院的她。

时间转眼就到了春节,分手后的十天,我喝得酩酊大醉,没吃早饭的我,直接喝吐了,喝得泪流满面。那个时候没有人知道我为什么在新年的日子哭,因为我失去了我爱的人。

至今也少有人知道原因,我没有说,因为感情一直是两个人的事情,但我却将她写进书里,那是我唯一能回忆她的东西。

写这篇文时,我翻着日历,一天一天想着过去,但却始终回忆不起2月的事情,或许我一直沉浸在悲伤中,想再和她继续下去。

是的,我的文字里始终忘不了她,总有一个她。

3月,我断掉了我那本作为我唯一收入来源的小说,三十几万字,口袋里没有留下一分钱。我写完了《赠与你全世界》,顶着暴雨去了万科广场,见到了午歌,但我没认出来,于是没有去打招呼,和他擦肩而过。接着,我打的去了宁波大学,拿到了那一百多册的《赠与你全世界》。

这是我人生中的第一本实体书,印刷得也好,虽然不是正式出版,但至少是我的。

当然,印书的四千块钱,全部是借来的,因为我身无分文。

签售会的时候午歌来了,我已经将书送得差不多了。我在学校见到了她,还是那个她,我穿着西装,和她擦肩而过。

冬天刚过,我穿着一件衬衫一件外套,竟然不觉得冷。

我们在办公室聊了一会儿,一个成功者,一个学生,对话了。

我此时唯一记得的一句话就是,文学之间不谈钱。

后来我回到了初中学校,把书送给了老师,他们很惊讶,好像已经把我忘了。我很平静,像是很自然一样,见到了老同学,争吵了一番,显得有些幼稚,我退出了群,后来那些人与我了无关系。

4月,我去了苍天白鹤的工作室实习,一个月过得浑浑噩噩,码字如飞却写得不好。我重感冒了一个星期,没有吃药,光喝热水喝到好,接着在赵挺的邀请下,参加了影视巅峰论坛,这也是我第一次参加那么高格调的论坛会议。

5月,我辞职离开了白鹤哥的工作室,白鹤哥是一个很好的人,但我选择离开是因为学不到东西。回去之后,我的状态崩溃,一天写不出一个字,像极了一个废物,那个时候的我,的确是废物。

5月底了,临近毕业了。那段时间的我,更废物了,和以前的兄弟聊了一会,和一个算是朋友的朋友吃了一顿饭,最后分道扬镳。

有些人,我知道不会留下,所以不会刻意去挽留,走吧,并不缺这一个。

6月,忙公司的事情,联系好了注册地,6月15日注册好,6月20日拿到了执照。那天是毕业典礼,上午结束之后,我们去了饭店吃饭,班长满足了我的要求,下午去唱歌,三点多,俊俊陪我离开了。

这是我们仅有的联系,但我们的感情没有淡过。

两个大男人,不矫情,总能在需要的时候,畅谈一番。

下午5点多,我拿到了执照,很开心,可3分钟之后,仅剩下了平静。

7月,我联系公司的地址,各地跑,上58招聘,收了六十几份简历,面试了七八个,成功两三个,最后散场,只留下了记忆。

我跑了许多个地方,走遍了整个宁波市,最后选择世创是有原因的,因为离学校近,好回去看看她。

7月,卡里仅有五千多块钱,是我6月玩命写小说赚来的。

8月,有了一万多,7月赚了一万多,花了三千给我爸买了最新款的vivo手机。

至于那一万多,我卖了自己很多作品的版权,接着购买办公用品,买二手的,因为买不起新的,但空调却不含糊,因为太热,我想给他们最好的办公环境。

对比了两个地方，发现一个地方电费太贵，我第一次见到了社会的阴暗。

或许是看我太年轻想讹我，最后我拒绝了。

那时候的我仅付得起几个月的房租，我和中介小袁聊了许久。这让我知道了谈判的重要性，因为我付了半年房租，我就买不起所有的办公桌椅、办公用品，只能商量着先少付一些房租。最后敲定，8 月 1 号正式开工。

我和父亲从宁波拉来了办公桌，一整天都在办公室里面装桌椅，还因为装空调的事情，和对方争吵，最后亏了一百块钱。

年轻，是好，可太年轻，就是容易被人忽悠。

2016 年 10 月说要沉稳、自立，至今没办法做到。

最后我问家里借了五千块钱买电脑，那一个月还挥霍了两千块钱吃烧烤。8 月开张之后，福建的朋友来帮忙了，同时从 58 应聘了一个来宁波三天的湖州朋友。

因为和家里争吵，我被赶出家门，在外面写了三天文，回去了。

能遇到形形色色的人，我挺幸运的。

后来来了一个鄞州的兄弟，和福建的朋友住在一起，那时候办公室里面就只有三个人。后来 2015 届学弟也来了，办公室里有了四个人。

之后又来了一个 2015 届的学弟，有了五个人，加上 2014 届的妹子，有了六个人，如今又来了三个，一共九个人。

办公室里面坐了九个人，网上的朋友，也有十几个。

在烟台读大学的如雪，是我从 2016 年 12 月提拔起来的，当时一个月给他两千块钱，到 8 月份的时候，他的月收入已经超过了六千块。后来因为缺人，让他的同学来写，我因为信任，没有管，最后被查出抄袭，封杀了我的笔名，最后他却毫无悔过之意，推脱责任，我们互删了好友。

他是我当时最信任的人。

9月，公司规模逐渐大起来了，但依旧缺人，我一直在招人，很多人来了又走，或许是高不成、低不就。

走了不知多少，来了也不知多少。

这下半年应该是我最无法回忆细节的，因为每一天都一样。

我喜欢自由，最后却被自己的梦想困住。

我成了总经理、老板，但失去了自由。

和老师聊天的时候，他们都说我长大了，成熟了。可成熟的前提就是失去自由和曾经。这就是生活，你在生活面前，就没有了理想和情怀。

福建的朋友走了，因为争吵，他态度不行，一天写一千多字，偷懒，我不是一个合格的老板、领头者，但在这些事情上，从不让步。

你走吧，我可能会后悔，但也只是对于他的惋惜而已。

公司的事情应该是最值得回忆的，可我却没有太能说得出口的东西。

因为我没有去回忆细节，回忆每天走过来的日子，太辛苦，哪怕会感动自己，但我也没有去想。

至少表现了自己。

对于我来说，我与他们只是上下属关系，并不是我孤高，是因为他们没办法走进我心里。工作中，我就是老板，我就是上司。

创业五个多月，你问我累吗，我会说没感觉，不累，时间过得太快，来不及反应，半年就过去了。粗略地算一下，公司成立至今的产值，应该是达到了15万元左右，加上我的个人收入，今年的总收入应该有20万元，至少在18岁的年纪里，足够了。

无所谓炫耀，也不辛苦，这五个月，能让我回忆的太少，让我伤春悲秋的事情也太少，因为没有时间去多愁善感，也没有时间去感怀曾经，也没有时间去回忆怀念。

19 岁生日那天，包叔问我的问题我忘了，但他的答案我依旧记得，以及他想让我明白的，这些年是我父母过于辛苦。

2017 年，最辛苦的的确是父母，他们是我坚强的后盾，他们从来没有抱怨过。所以 2017 也最应该感谢父母，这句话在生日那天没有说，其实我知道。包叔说出来，我只是一笑而过，我心里何尝不明白，只是时光太匆匆，应该及时感谢。

幸好现在醒悟不算迟。

我们每天奔波于世间，学会了所谓的做人，却忘记了如何与自己最爱的人相处。

成长的滋味是很难受的，但却不得不去承担这个过程、结果，这也是我为什么说我和我的员工是上下属的关系，我与他们的心理年龄早已不在一个阶段。

2017 想说的话太多，却无从说起，流水账一般的过程，将整个 2017 构建起来，创业辛苦，也不辛苦，充实、平淡，却充满了希望。

2017-12-24

2

不知不觉我发现自己已经出道三年了。

如果从发表第一本小说开始算的话，那应该是在 12 月 26 号出道三年了。

挺快的，却丝毫兴奋不起来。

三年啊，突然觉得自己碌碌无为，没有成就，这三年就好像从指尖流失、浪费了，没有太多的成长。

2014 年 12 月 26 日晚上 8 点，我上传了第一章，名字很吸引人，就不说了，现在百度上还有盗版。上传之前我自己看了第一章，感觉写得挺好的。

到现在，我依旧不打算写这篇文，因为回忆是一件很痛苦的事情，它承载了我的成长和经历。

这三年，我有一大半的时间像个废物，剩下的时间就好像废物突然站起来喘了一会儿。

在忙碌的时候，我会沾沾自喜如今的成绩，但仔细想想，原来我也没有做得很好，在外人眼中多么光鲜，其实也不过如此。

这是我第一次对自己那么失望，心态如山洪一般崩溃。

从开公司的时候开始，连续两个月，我经常失眠，神经衰弱。现在，到了十二点左右，我的双眼就会充满泪水，不是被自己感动，而是生病了。

许多事情，只有我自己一个人知道，全都深埋在心里，那种压力是没有人能够理解的。凌晨三点钟，我和美国的一个朋友聊天，他是白天，为了谈合作，我让他加入我的公司。

前两个月，我几乎处于崩溃和焦躁的状态。

写文也难以将我的焦虑掩埋。

那个时候的我，写得也很烂。

当然，我觉得我应该没有抑郁症，创作成为我自我释放的一个渠道，不像生活那么痛苦。

2017 年 12 月 26 日的时候，我在参加创业比赛，现在想想，缘分还是挺奇妙的。

出道三年，我没有丝毫的兴奋。

去年的时候，小滕还在和我交往，我写了一千多字的长文，还发了红包。新年，我也发了一条长文，我很开心那时候能和她在一起。

哪怕过了一年了，我也不后悔。

其实我有些惶恐。

这也是我为什么不愿意写这篇文的原因,因为害怕,因为惶恐,因为迷茫。所有人都觉得我有了目标,有了生活的方向。不,其实他们没有看到光鲜背后的我,有多么痛苦。

哪怕现在的我也很痛苦,神经衰弱没有丝毫减轻。有一段时间我强制自己放下手机,才能在十二点之前睡觉。

我已经一年多没有伤春悲秋、思考人生了,因为忙碌,因为没有那个时间。

我可能随时随地都在考虑如何联系人。

这条路,太难了。

杨老师说的没错,我和她在办公室聊天的时候,她说我选择了一条最难的道路。

我当时笑了笑,现在想想,是挺难的。

但做了选择不得坚持下去吗?有时候没觉得多痛苦,其实是因为已经习惯了这种生活,麻木了。我每天没办法睡醒,不能睡得过瘾。有时候有一个周末我其实挺开心的,但也只能待在家里,我不知道能去哪。

我已经不知道一个人能够干什么。

其实,一个人生活在这个世界上,不是孤独的个体,外界的声息,会滋养一个人的精神,鼓励一个人走得更远。

但到了思维的艰深处,如果没有一个同伴在旁不断提醒和鼓励,是不容易成事的。

这段话其实是从一篇文章里复制来的。

但真的在某一刻,我会觉得这个世界只剩下我一个人。

黑夜中的自己,究竟是什么模样,被窝里仅有手机屏幕散发出刺眼的光芒。

然后,泪水不断流淌。

8 月 1 日公司正式开业,但在之前长达一个多月的时间里,我每天都在熬夜,第二天又要早起,或者是约人去找办公室。

许多许多事情,都没有人知道。

没有一个人知道,哪怕父母,他们也从没有真正地理解过我。其实我最大的心愿,就是他们能理解我。

这种生活,并不是我真正喜欢的。

如果可以,我倒是希望一个人出去住,真正地体会生活,感受柴米油盐酱醋茶的琐碎,那对我来说可能就是真的蜕变。

但这种愿望,可能暂时没办法实现。

因为在现实面前,我所有的希望,都可能成为奢望。

12 月 10 日我过了自己的十九岁生日,包叔说我应该体谅一下我的父母,因为最大的成长应该是明白父母的苦心。

我何尝不知道。

我比自己的实际年龄成熟太多,这些痛苦的经历从来没有一个人知道,我也从未向任何人提起。

因为,提起,可能就是热泪盈眶。

我不知道自己哪里来的压力,可能是不甘,可能是未来,可能是自己想要的太多太多,或许是曾经失去的太多太多,如今想要弥补。

我不知道,没有一个结果。

我亏欠得太多,可能也被亏欠得太多。

刚才和朋友聊天的时候,我说我出道三年了。

他发来一条语音,说当年我第一本书叫《亿万×××爱恋》。对,他还记得,当年还追更了一段时间。

我瞬间湿了眼眶。

其实忙碌之后,真的很难有时间去矫情,很难有时间去感叹。可能周围的人看着你那么成熟了,矫情一下反而显得幼稚。

但真的坚强背后,是疲倦的心灵。

如果真的可以,我挺想休息一下,回到两年前。

其实,我知道不愿意写这篇文的理由。

因为惶恐和害怕。

这一年实在过得太快,我和小滕在一起的画面还历历在目,可回头才发现已经和她分手快一年了。

我对朋友说,我很害怕、惶恐、迷茫。

所有人都觉得我找到了人生的方向,但其实在内心深处,我还是很迷茫的。

2019 年的年底,我就是出道五年了。

五年啊,那时候我二十一岁了。

如果那个时候的我还是那么碌碌无为的话,我会不会将今年的自己骂死?

我想会的。

我会无限地抱怨 2017 年废物的自己。

如果有时光机,我真的很想回去,回到那个时代。

但这是不可能的。

突然觉得自己是伪成熟,在许多时候,我会表现得很坚强、很成熟,但揪扯到自己内心脆弱痛苦的地方,依然会哭得像个孩子。但面对生活苦痛的时候,我从未哭过。

那是我的内心,是我最真实的地方,我又岂能戴上伪善的面具?

陆老师说让我哭,其实我真的哭不出来,他也知道,我哭不出来,让我哭很难。

对,哭不出来。

我找不到一个哭泣的理由,我在面对这些磨难的时候,从不觉得有多痛苦,熬过去就好了。

但我又是脆弱的,因为回忆的时候,我依然忍不住感伤。

我不知道这是不是一种伪成熟,但可能,我是真的成熟,希望我真的成熟。

2017,还有最后的三天就结束了,真的很快很快,而我也在不自觉地想念小滕,这个在我去年低谷之后陪伴我的女孩,对于她,我不知该如何评述。

这一辈子,可能都没办法忘记,那个青涩年纪里的爱情。

这一年,我成长了太多,明天起来,又是新的一天,今天所说的一切我可能又忘记了。

因为不会去怀念了,过去了。

还是有很多很多的话和故事对自己说,那些从未提及的东西,可能要写一万字、十万字,写成一本书,但我却没精力去回忆,或者是,不会去回忆。

陆老师说,现在的你,是真的哭不出来。

周老师说,你比以前成熟太多了,像是变了一个人。

杨老师,你选择了一条最辛苦的路,可应该是过得最走心的。

胡老师说,你选择了一条适合自己的路。

我说,我没什么想说的,你们说的都对。

2017-12-27

3

每个人都有自己的生活轨迹,我们无法和他人并线相融。

或许在世界的某一个角落，会有另外一个人，和你做着同样的事情，重复着同样的生活。

我们的世界都是独立的，每个人都有自己的理想、经历、生活，或许某一天，我们的生活轨迹会有一个交点。

那是相识。

我一直觉得自己不是一个努力的人，所以才会变成今天这样，高不成、低不就，得不到也失去了很多。

我一直很懒，懒到什么事情都不想做，我也一直想过自由的生活，但世界太繁华，容不下我的追求。

接着，我只能选择另外一种生活方式。

三年，我写了六百多万字的网文，从 2014 年 12 月 26 日晚上 8 点，我花了一个小时写了自己的处女作的第一章，发在了起点上面。2015 年 1 月 25 日，我签约第一本小说。

我清晰地记得我看到那份合同的喜悦，以及到后来，我拿到了人生的第一笔稿费，不多，也就三百块，而且在第二天就花完了。

那时候，我实现了经济独立。

可以说，我从写小说的那一天起，休息的时间基本上就没有超过一个星期。

我一直都不算努力，但也能为了一份稿子、一点灵感，熬夜到凌晨三四点。那是我对梦想的认真、对作品的认真。我也曾拼了命地赶稿子，为了自己的承诺，一天写几万字，一个月写上百万字，写到自己抱着垃圾桶呕吐。

那时候，我离开了学校。

我顶着别人的不理解，顶着生活的压力，顶着孤独，在连载停稿、自断收入的情况下，借钱印刷。

我一直是一个倔强的人，我也是一个感性的人，也可以说我矫情，在深夜里面自言自语。

我喜欢和别人聊天,但仅仅聊一天。

次日,我就不会再去找那个人,陌生人才能走进内心,倾诉最真实的东西,往往那个了解你的人,却是最陌生的。

这一年,我不知道自己经历了什么,时间转瞬即逝,来不及反应,逼着我跟着它的节奏。我没有出去行走,我喜欢自由,却被枷锁困在原地,我心怀热忱地去努力,但输给了自己的懒惰。

我很努力,但我也很想偷懒。

昨天和今天打了两天的游戏,从早上七点到晚上九点,我告诉自己这是为了放松一下,不过后来又后悔明明可以克制的为什么要去打游戏。

以前的我可能会抱怨生活,但现在却不会,生活给我动力,我可以迎合,可以反抗,但最后辛苦的依旧是自己。

只有足够努力,才能够站在高处让自己爱的人看到。

有人让我讲我和前女友的故事,让我讲为她写的那本实体书的故事,我说没必要。

我可以欣然地将它写到书里面,但却不会用语言再去解释。

感情的世界里面没有对错,没有是非,没有拥有、得到、失去,只是我们的人生在某一个时间相交,擦出了火花,但再后来时间又把一切烧坏了,火花也熄灭了,于是我们变得形同陌路。

手机阻隔了太多,电子的世界将我们的距离拉开。

分手十个月,我依旧可以将她写到第二本书里面,然后出版、签售,当着她的面我说,这本书送给你,只属于你。

如果说还有让我放不下的,也只有感情。

我一直不够努力，所以我得不到自己想要的，比如换一台 iPhone X。

如果我努力，我可以买房子，按照自己的想法装修，我可以买一辆自己喜欢的奔驰 GLC，也就四十几万。

甚至我觉得我 2017 年再努力一点，半年赚十万，那么我也能轻松一点，这样 2018 年的目标就能定得高一点。

可我没有，我在公司打游戏，我让自己堕落。是的，我在创业最辛苦的一段时间选择了放松。

我经常和朋友抱怨，如果再努力一点，年收入二十几万，两年我就能买奔驰，半个月我就能买 iPhone X，五年我就能全款买一套属于自己的房子。

然后在 27 岁结婚，和一个自己爱的人在一起，没有远方，没有诗句，就静静地在有阳光的午后，相拥在一起，看一本自己写的书，怀念曾经稚嫩的文笔，看着书里面的自己，笑着笑着然后哭了。

我一直是一个很害怕成长的人，我害怕时间过得太快，我害怕自己还来不及反应，就已经到了要顶天立地为一群人撑起一片天的年纪。

我们都还太年轻，但却承受着太大的生活压力。

知识改变命运，我的确相信这句话，可我也不相信这句话，自己的人生本该自己掌握，又何需由别人支配？

我曾和一位老师聊过天，短短的四十分钟，她跟我说，你选择了一条最艰难的路，学习、文凭对你来说没有用，此时的你需要按需学习。

你可以去选择更加巨大的世界，但你要有野心。

我没有太大的野心，得到自己想要的，我可能就放手了。

我患有神经衰弱，有时候到深夜一两点钟也睡不着。

我也一直希望身边能有一个让我倾诉的人，让我能简单地放松一下。

　　真正的自由,是能让我有一种心安的感觉。但我没有,我害怕失去,我害怕自己努力得到的现在的一切,在某一刻会因为我的松懈全部葬送。那一刻,我可能会疯。

2018-01-01

后　记

我的故事一直都没有一点顺序。

就好像写小说，想到哪写到哪，自始至终，我都觉得自己写得狗屁不通，就好像挣扎在沼泽中，还妄想成为一个真正的作家。

但这一直是我的梦想，我一直在路上。

对于梦想，开始往往可能是兴趣爱好，可在某一天，你获得了称赞，你会发现原来自己喜欢的也能得到别人承认，接着，你会朝着那个方向走。

我一直说这种方向是不对的，你要有一个目标，而不是只靠别人的称赞走下去，但十七八岁的少年多数处于迷茫状态。

我在职高读书，从我被大家熟知之后，许多人都会来咨询我。有人说："我现在很迷茫，不知道干什么，但我有梦想，我喜欢音乐。"

我只是笑着，没有去告诉他，这不是梦想。

兴趣爱好并不等于梦想，或许那只是你的一个消遣方式，梦想需要你去追求。

甚至有时候连我自己都迷茫了。

如果你问我我的梦想是什么，我肯定不会回答写小说，而是成名，被世人熟知。

但我选择的这条路，是一条通往梦想的路，因为写小说是有可能成名的。

　　后来，我来到了午歌老师的签售会。我说，我也给自己来一场吧，哪怕只有一个人，这场签售会我也会办。

　　但好在，反响不错，让我有了继续举办的信心。

　　这条路我走了很久，走到这里不容易，而深夜写作的我，也容易被感动。

　　当我不断念叨这句话的时候，我承认，我哭了。

　　我走到这里走得不算太久，但却很辛苦，如果我签售，你们会来吗？

　　你们中只要来一个，我就知足了。

　　我所处的学校，镇海职教，初中老师口中的垃圾学校。

　　是的，我所听到的的确是这个评价。

　　但这所学校造就了我的今天，让我的才华得到展现。

　　至少，我从未后悔。

　　文字写于此，也并非为自己学校正名，至少我所经历的，让我看到了一条光明道路。

　　你选择了自己的环境，就要去适应。

　　既来之，则安之，是我当年刚进学校时对自己说的。

　　我当时觉得，我应该在对面的普高，为什么来到了职高，被众人嘲笑？

　　这本书里的故事，没有太多关于梦想的诠释与定义，书里没有明确的解释，因为连我自己都不知道我存在的意义。

　　如今我担任一家传媒公司的总经理，也是一名网络作家，或者在写这本书的时候，我心里自以为自己已经成了真正的作家。

　　梦想，是做梦的时候想想的。

　　你要付诸行动而不是坐享其成。

高二的时候，我就想开公司。

当然，那时候在众人眼里我不过是开玩笑，亲戚之间互相吹捧："王总，你开公司要不要保安？"

"王总，你开公司我给你提包啊！"

当时的我只能浅笑而过，那时候我没能力，写网文没起色，哪怕写了三百多万字，也就赚了考驾照的钱，买了一台苹果手机，其他一无所有。

就连理想，都成了空谈。

班主任不止一次让我暂停写作，好好学习。

在高辅考的时候，小胖说学历只是一张纸，但它却是岗位的敲门砖。

当时我跟在他后面也说，这只是一纸文凭。

后来他去读大学了，而我真的撕了寄过来的录取通知书。

这通知书，于我来说只是废纸罢了。

后来那个大学多次打电话让我去上学，我上你的香蕉皮，你看我像是有钱人吗，学费一年两万，抢吧。

成立公司，的确是当时比较意外的一件事情，五月份的时候，我问了爸爸的一个朋友，他有一家挂牌装修公司，曾在吃饭的时候提及过。

我说要开就来真的。

网上联系，第二天打电话过来，搞定！

谈名称，定懒虫文化。

半个月拿营业执照，如同三月份印刷书一般，借钱。

当时的我，穷得叮当响，问母亲拿了八百块，公司就成立了。

我拿着营业执照，看着授权书，任命王东辉担任懒虫文化执行董事兼总经理,至少看起来很厉害。

七月份,我消失了一个月,这个月,我在找公司的办公地点。

一个月,我几乎跑遍了整个宁波,办公楼到商业楼,租金几千到十几万。

好在,七月份通过卖作品赚了一万左右,拥有短期的营运资金,加上七月份更新爆发赚了一点,我拿着钱,选好了地址。

挥斥万金的我,最后还是问家里借了五千。

对,依旧是身无分文地开起了公司,办公室里面只有两个人。

另外一个是福建过来帮我的朋友。

那时候是我最艰难的时间,没有一个人陪在我身边。

那也是我最孤独的时候,加班到凌晨都是家常便饭,第二天一早,我骑着电瓶车飞奔十公里来到公司。然后打开电脑,对着键盘噼里啪啦敲一顿。

第一个月,出事,因为版权抄袭问题,屏蔽书,被网站拉黑。

第二个月,投资书籍出现问题,书籍被盗,版权出现问题,赔偿。

两个月亏损,直到第三个月才稳住,有了盈利。

熬过了最艰难的起步期,许多朋友来帮忙。

这种心境的变化是没有人理解的,每个奋斗的黑夜都只属于一个人。

当然,说这些并不是表达我当时走得有多难,反而是一种经历,我可以将它写到文字里,让自己看一看曾经的样子。

经历只用于回忆,无所谓倾诉,无非是我成长路上的垫脚石罢了。

第一本书《赠与你全世界》,不过我更喜欢叫它《心中之城》,写的是当时离开学校迷茫的自己,以及失恋之后绝望痛苦的自己。心中之城,也是写给那个女孩的。

时至今日，已经过去半年多了，终于有时间提笔写第二本。

其实在六月份，这本书就已经列入计划，也加入了宁波市作家协会的"春蕾计划"。

但因为创业，一直拖着，网文是我的收入来源，也是我每天必须要完成的工作，实体反而成了一种心态的代表，每天的文字会跟着当天心情变化。

这些时间流程，我甚至可以很清晰地在脑海中过一遍，我所经历的一切，我都想用文字记录下来。

当生活中的失望迎面而来，不必畏惧，可能失望的同时也能迎来美好的希望。

你要去相信生活，它会是乐观的，你所有的遭遇，无非是为了锻炼你，只有熬过去，才能蜕变成凰。

后来的故事，起源可能是挺哥的书——《被公路烧掉的故事》。

"被"字用得很好，很有灵性。

挺哥比我大十岁，浙江"新荷计划"人才。我看着他写的文字，的确有他独特的地方。2018 年新年，我又见证了他去阿里的遭遇。

满脸的胡茬，睡在河南街头，身穿厚重的衣服，他不是乞丐，却带着一种别样的气质，他是一个很帅的男人，或者说，他是我想活成的样子。

那天去作协办会员证，我说："挺哥，你今年还有打算去哪潇洒吗？带我一起啊。"

走啊，一年一次的旅行。

他很潇洒，没有女朋友，单身的潇洒。

我不难理解他的情怀。

我觉得挺哥是一个不做作的男人，不做作的作家，他说的许多话让我记忆深刻。

自从 2017 年 4 月影视巅峰论坛一别之后,再次见到挺哥便是办会员证的这次。

我坐在他的办公室里和他聊了几句,能把脏话骂得那么文雅的也就他了。

他跷着二郎腿,叼着细支香烟,抖出来一根问我抽不抽。

但那一包烟里面就一根。

我说:"你点着我们一人一口吗?"

后来我问雷老师要了一本书,上面写着"王东辉小哥闲翻"。

是的,雷默老师也能把"他娘的"这三个字说得极为灵性。

有腔调的作家果然不一样。

这本书,有几万字是 2017 年《赠与你全世界》的内容,包括杂记都是我发在公众号上面,偷懒复制下来精修一下,差不多一万字凑在一起。

今年新写的只有七万字。

倒不算颓废,只是少有时间去凝聚精神创作这种有腔调的文字。

可能是文笔不好,写不出让人深思的故事。

这本书里最频繁出现的还是小滕,或者是小桐,有人已经知道她们的名字了。

七万字,加上老书的四万字。

是的,我偷懒了。

2017 年以为自己努力了,在年底的时候写的杂记感动了我,但现在想想,简直是浪费生命。

我计划一年印刷一本书,但答应过小滕,她毕业之前我还要送她一本书,哪怕一年前她生日的时候我没有送。

我想,我应该没有太多的时间去准备,不如敷衍一点,的确,这两年也有些疲倦了。

离开学校一年多,承受着来自各方的压力。

今天母亲说:"别叹气了,又不是饿死你了,每天那么努力干什么?"

我不甘。

我甚至想到了一个段子。

可我都没有写下来。

没必要,发空间、朋友圈都觉得是一种浪费时间的罪过。

仔细回忆 2017 年,我最不想说的无非就是开公司的半年。

因为我颓废,甚至子夜一点和老温吵架,吵得不可开交,他都能拿我在公司打游戏的事来指责我。

我无力反驳,这是事实。

后来老温走了,我没有再和他联系。

有一天晚上,我和一个新来的员工聊起来。

他抱着一把吉他,欠着外债。

我想起了老温。

他们很像,他依旧守着自己的情怀,却在问我要稿费。我笑了一下,满是嘲讽。一个月写了五万多字,你有脸面找我要稿费吗?

我将老温的故事告诉他,我说,我曾经也有和你们一样的情怀,我也有一把破木吉他,后来吉他头断了,我就把它当垃圾一样扔了,这就是情怀,我和无数人说过情怀,我理解,可我却不再坚持。

你们抱着吉他以为自己是赵雷,但坚守情怀的同时,也要想想自己的生活。

后记其实要写的太多,从生活、梦想、曾经、未来、前女友、家庭,所要谈的太多。

我曾经回学校,看到《宁波晚报》上对我的采访,里面有一句话说我主动认识前辈,拓展圈子。

其实,我去认识前辈,无非就是感受他们给我带来的压力,让自己更加努力。

　　我的确拓宽了视野，但也知道自己还太弱小。

　　他们写了十年达到如今的程度，而我才四年。

　　成就需要累计，我知道这条路还要走很久。

　　白金作家也好，大神作家也罢，又或者经常能够参加会议、活动的作家，他们发朋友圈今天去了哪，干了啥，我都看在眼里，可我只告诉自己，更加努力一点，未来就是你站在这台上。

　　他们站的高度，是我需要仰望的，是我需要追寻的。

　　我还记得徐总发的推送："创业能给人撕裂般的成长。"这句话就像我的梦魇，时刻在我的脑海里响起，所以我会去抱怨自己的不努力，因为我不甘心。

　　但他们总觉得，19 岁的我做到这些足够了。

　　朋友圈的前辈很多，我仰望他们的高度，那是我努力的方向。

2018-06-26